本所松坂町の怪

九代目長兵衛口入稼業　五

小杉健治

集英社文庫

目次

本所松坂町の怪

九代目長兵衛口入稼業　五

第一章　いやがらせ

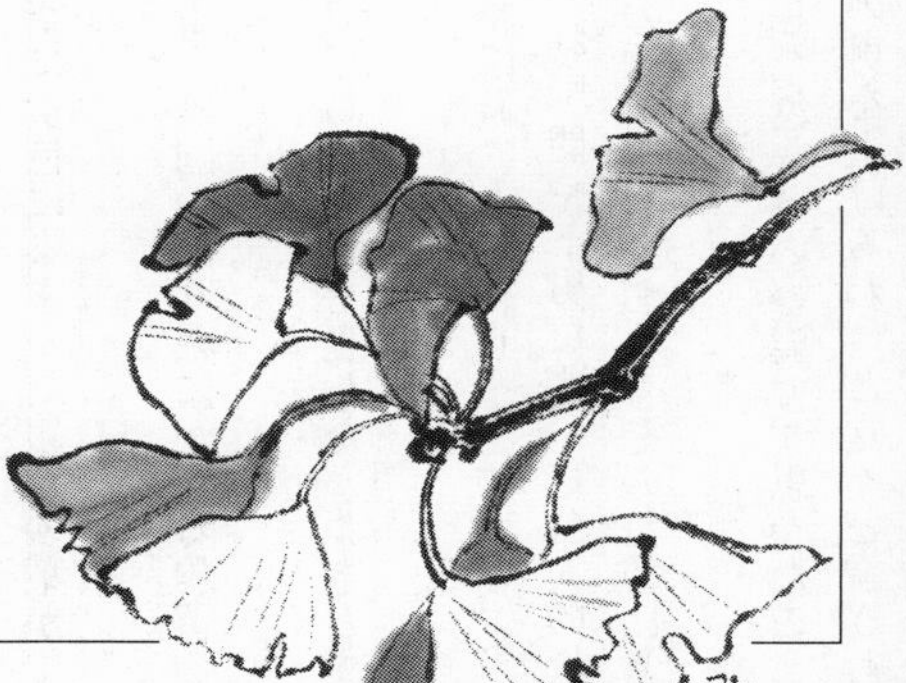

一

ひんやりとした川風が心地よい。晩秋の澄んだ青空に黄色に染まった銀杏《いちょう》の葉がくっきりと浮かび上がっている。

本所《ほんじょ》回向院《えこういん》の帰り、幡随院《ばんずいいん》長兵衛《ちょうべえ》と女房のお蝶《ちょう》は東《ひがし》両国《りょうごく》の入り堀にかかる駒留橋《こまどめばし》近くの料理屋『若竹家《わかたけや》』で昼食をとった。

小座敷があるが、ふたりは二階の入れ込みの座敷で、ねぎま鍋を食した。ねぎとまぐろの相性が抜群で、長兵衛はたいそう満足だ。

長兵衛は二十六歳と若いが、浅草花川戸《あさくさはなかわど》にある『幡随院』の九代目当主である。

『幡随院』は口《くち》入《い》れ屋《や》で、武家屋敷や商家にそれぞれ中間《ちゅうげん》や下男などの奉公人の世話をしている。さらに土木工事や荷役などをする人足の派遣もしており、そのために常時、若い男を大勢寄宿させている。

お蝶はふたつ年上の姉《あね》さん女房だ。切れ長の目をした色っぽい容姿で、思ったことをずけずけと正直に口にする女だった。「私があなたの男を上げるわ」と堂々と言うお蝶に、長兵衛は最初こそ反発したものの、今では頼りにしている。

今日は回向院に眠る知り合いの祥月命日で、夫婦で墓参りにやってきた。

鍋も空になり、ゆっくり茶をすすっていると、突然、階下から怒鳴り声が聞こえた。

長兵衛は湯呑《ゆの》みを置いた。

「何かしら」

お蝶も聞き耳を立てた。

他の客も何ごとかとざわついた。

お蝶が促す。

「おまえさん」

「わかった」

長兵衛は立ち上がった。

階下に行くと、侍が三人、土間にいた。真ん中にいる三十過ぎと思える大柄な侍が傲然と立っている。両脇の侍はいきり立っていた。ひとりは顎の長い顔で、もうひとりは小肥《こぶと》りだ。

「どうか、これまでのお代《だい》を」

小柄な主人が上《あ》がり框《がまち》で頭を下げている。

「直参《じきさん》に向かって無礼であろう」

顎の長い侍が耳をつんざくような大声を張り上げた。

「でも、お代をいただきませぬと」

主人が震えながら言う。

「金は『大代屋《おおしろや》』からもらえと言ったはずだ」

小肥りの侍が言う。

「でも、『大代屋』さんは知らないと」

「そんなはずはない。あとで言っておく」

そう言い、侍たちが座敷に上がろうとした。

「どうか、ご勘弁を」

主人は両手を差し出して止めようとした。

「なんだ、その態度は」

顎の長い侍が主人の手を払った。主人はよろけた。

長兵衛は見かねて、

「お侍さま」

と、前に出た。

「なんだ、おまえは」

三人の顔が一斉に長兵衛に向いた。

「あっしは花川戸の幡随院長兵衛と申します」

長兵衛は体が大きく、胸板も分厚い。細面で逆八の字の眉は太く、切れ長の目はややつり上がり、まっすぐ高く伸びた鼻筋に微笑《ほほえ》みを湛《たた》えたような口元。凛々《りり》しく、そして男らしい顔立ちだ。押し出しがよいので、若いのに貫禄《かんろく》があった。

「おぬしの出る幕ではない」

顎の長い侍が突っぱねるように言う。

「お侍さま、脇で聞いていましたが、これまでも勘定を払っていないようですね」

長兵衛は静かに言う。

「勘定は『大代屋』からもらえと言ってある」

小肥りの侍が言う。

「『大代屋』さんはそんなこと知らないとおっしゃってました」

主人が反論する。

「お侍さま。話が違いませんか」

長兵衛は厳しい声だ。

「我らが嘘《うそ》をついていると申すか。直参を愚弄するとは許せぬ」

小肥りの侍が刀の柄《つか》に手をかけた。

「直参ですって。直参がこんなごろつきのような真似《まね》をするはずありません。直参を騙《かた》る不逞《ふてい》の輩《やから》」

　長兵衛はわざと言い切った。

「なんだと」

　顎の長い侍が眦《まなじり》をつり上げ、

「表に出ろ」

　と、叫んだ。

「いいでしょう。私の履物を出していただけますか」

　長兵衛は下足番《げそくばん》の男に告げた。

　だが、下足番は戸惑っている。

「さあ、お願いします」

「へい」

　下足番はあわてて履物を出した。

　腰に長脇差《ながわきざし》を差して、長兵衛は外に出た。

　騒ぎに気づき、足を止めた通行人が集まっていた。

　顎の長い侍と小肥りの侍はいきり立っていたが、大柄な侍は落ち着いている。

　野次馬がさらに増えてきた。

「お侍さま」

長兵衛が大柄な侍に向かい、

「三人掛かりで町人ひとりにやられたら、お侍さまの面目は丸潰れになりますが、よろしいので」

と、確かめた。

「そなたこそ、我らに歯向かって大怪我《おおけが》をしても知らぬぞ」

侍は冷ややかな声で応える。

「そうおっしゃるなら何も言いません。お相手をしましょう」

長兵衛が言うや否や、顎の長い侍が抜き打ちざまに斬り込んできた。長兵衛は身を翻して切っ先を避《よ》けた。が、そのとき、長兵衛は侍の足に蹴りを入れていた。侍はよろめいた。

「おのれ」

横から、小肥りの侍が斬りつけてきた。長兵衛は横に飛んで相手の剣を避けた。もう一度斬り込んできた。

長兵衛は踏み込んで相手の胸倉を摑《つか》み、足をかけて後ろに押し倒した。小肥りの侍は仰向《あおむ》けに派手に倒れた。

「まだ、やりますかえ」

長兵衛は大柄な侍にすごむ。

「きさま」

相手は眉間に皺《しわ》を寄せ、頬をぴくりと痙攣《けいれん》させた。

「これまでの勘定を支払ってやったらいかがですね。それとも、無銭飲食で奉行所に突きだしましょうか」

長兵衛の言葉に、野次馬がやんやの喝采を浴びせた。

ふたりの侍がようやく立ち上がった。

大柄な侍は顔を歪《ゆが》めて、

「行くぞ」

と、ふたりに言った。

そして、長兵衛を睨《にら》み付け、

「覚えておれ」

と、吐き捨てて引き上げようとした。

「お待ちを。お勘定はどうなさるので」

長兵衛は野次馬の耳に届くように大きな声で言う。

「ご主人、このひとたちの勘定はいくらだね」

「へえ、一両になります」

「一両か」

「あの、結構で」

主人は怯《おび》えながら言う。

「仕返しが怖いか」

「………」

主人は俯《うつむ》く。

長兵衛は三人に向かい、

「いいか。仕返ししたければ、俺にするのだ。この店は関係ない、いいな」

長兵衛は厳しく言い、

「俺は浅草花川戸で『幡随院』という口入れ屋をしている長兵衛というものだ。文句があるならいつでも相手になってやる。ただし、今度は手加減せぬ。覚悟してかかってこい」

長兵衛が周囲に轟《とどろ》くような声を出した。

いつも、お蝶に言われている。男を売るにはまず町の衆に名前を覚えてもらうことだと。

「いいですかえ、もう一度言いますぜ。浅草花川戸の幡随院長兵衛だ。文句があるなら、俺のところに来い」

長兵衛は威勢よく言う。

三人は黙って睨み返している。

「それから、もうひとつ。直参の名を騙って、町の衆をいじめるのはやめることだ」

長兵衛は相手をごろつきと断じた。

「俺たちを……」

大柄な侍が言いさした。

「なんだ。まさか、小普請組《こぶしんぐみ》の誰それだと言うつもりではないだろうな」

長兵衛は言い、

「それとも本所に住む直参はごろつきに成り下がったか」

「言わせておけば。幡随院長兵衛、覚えておれ」

捨《す》て台詞《ぜりふ》を残して、三人は野次馬を蹴散らし、逃げるように去っていった。

「ありがとうございました」

主人が近寄ってきた。

「いや、勘定を取りはぐれたな」

長兵衛は悔しがる。

「いえ、諦めておりましたから」

「もし、奴《やつ》らがまたやってきたら、俺に知らせろ。そして、こう言うんだ。幡随院長兵衛が『若竹家』の後ろ楯《うしろだて》だと。これからは長兵衛が相手になるとな」

「ありがとうございます。でも、『幡随院』の親分さん、あのお侍たちはほんとうに直参の御家人《ごけにん》なんです」

　主人が心配そうに言う。

「わかっている。わざと、あのような言い方をしたのだ」

「きっと仕返しに」

「望むところだ。あのようなごろつき侍は退治せねばならぬからな」

　長兵衛は言ってから、

「ところで、あの侍の名は？」

　と、きいた。

「はい。大柄なお侍は芝木甚兵衛《しばきじんべえ》さま、顎の長い方は与田《よだ》さま、小肥りの方は長尾《ながお》さまだったと思います」

「『大代屋』というところに付けをまわしているのか」

「はい。どういう縁があるのかわかりませんが、あの三人はいつも『大代屋』さんの名を出します。ですが、『大代屋』さんはあの三人にまったく心当たりがないとおっしゃっていました。『大代屋』さんが金を払うというのは嘘です」

　主人が訴え、

「あの三人はあちこちで金をせびったり、娘さんにちょっかいを出したり」

　と、顔をしかめた。

「ともかく、あの連中が来たら俺の名を出せ」

長兵衛は主人に言う。

「はい、ありがとうございました」

主人は頭を下げ、

「ところで、いかほどお包みすればよろしいでしょうか」

「どういうことだ？」

「はい。『若竹家』の後ろ楯になっていただくための礼金と申しますか。いえ、長兵衛親分の後ろ楯であれば多少高くとも」

遠慮がちに、主人はきく。

「そんなものいらぬ」

「でも、ただというわけには……」

支払いを済ませたお蝶が出てきて、

「『若竹家』さん。うちの親分は世間に害をなす悪党が許せないだけなんですよ。こんなことでお金をもらっては、悪党と同じになってしまうではありませんか。弱きを助け強きを挫《くじ》く、幡随院長兵衛は俠客《きょうかく》です」

と、堂々と言い放つ。

「恐れ入りました」

主人はお蝶の貫禄に感心したように頭を下げた。

「ところで、『大代屋』というのは松坂町《まつざかちょう》にある呉服屋ですか」

お蝶はきいた。

「はい。さようでございます」

「そうですか」

お蝶は細い眉を寄せた。

主人や女将《おかみ》に見送られて、長兵衛とお蝶は店をあとにした。

「お蝶、『大代屋』を知っているのか」

長兵衛はきいた。

「ええ。私がおまえさんのところに嫁ぐとき、松坂町にある『大代屋』さんで白無垢《しろむく》や色打掛《いろうちかけ》などを誂《あつら》えました」

「そうだったのか」

美しかったお蝶の花嫁姿を思いだした。

ふたりは土手に出て、川沿いを吾妻橋《あづまばし》のほうに向かった。

吾妻橋を渡って右に折れると、花川戸だ。

やがて、間口の広い『幡随院』に着いた。丸に幡の字が書かれた半纏《はんてん》を着た番頭の吉《きち》五郎《ごろう》が迎えに出た。

「親分に姐《あね》さん、お帰りなさい」

吉五郎は渋い顔をした中肉中背の男で、元は武士だった。なぜ、武士をやめたのかは言おうとしない。先代のときからの番頭で、長兵衛の右腕である。

「何もなかったかえ」

お蝶がきく。

「特にございません」

吉五郎が答える。

初代の幡随院長兵衛から数えて九代目の長兵衛である。初代長兵衛は町奴《まちやっこ》の頭目として旗本奴《はたもとやっこ》と対峙《たいじ》していたことでも有名だが、代々伝えられている初代の人相風体に今の長兵衛はそっくりだと言われている。

九代目は初代の生まれ変わりだという評判も初代との類似点が多いからだ。

初代長兵衛が大名・旗本屋敷に中間を周旋する口入れ屋『幡随院』をはじめたのが二十五歳のときで、今から約百七十年前の正保《しょうほう》年間だ。

『幡随院』の跡目を八代目の父から継いで一年になる。初代と同じ二十五歳で、長兵衛は『幡随院』の九代目当主になった。

『幡随院』は初代からずっと続いていたわけではなく、一時は廃れ、世間からも忘れられていた。それを五代目が口入れ屋『幡随院』を再興し、今に至っている。

長兵衛は着替えてから居間に行く。

長火鉢の前に座り、煙管《キセル》を取り出す。

「おまえさん、あの三人、黙っちゃいないでしょうよ」

お蝶が眉根を寄せて言う。

「なあに、来たらいつでも相手になってやるさ」

長兵衛は自信の笑みを浮かべ、煙草《たばこ》に火を点《つ》けた。

「それならいいけど、町の衆に八つ当たりをするんじゃないかと」

お蝶は不安を口にした。

「そうだな。たまに本所に様子を見に行くか」

煙を吐いて、長兵衛は呟《つぶや》くように言った。

二

本所松坂町は回向院裏になる。そこに、呉服屋の『大代屋』がある。間口十間（約一八・二メートル）で、奉公人が十人ほどいる。

松坂町の真ん中辺りにあり、左隣は老夫婦がやっている小さな荒物屋で、右隣は小間《こま》物《もの》屋の『豊島屋《としまや》』である。

昼下がり、『大代屋』の店座敷に数組の客がいて、手代《てだい》が応対している。番頭の八兵衛《はちべえ》は隅から店内に目を配っていた。

店先に、羽織を着た中年の男が遠慮がちに現れた。八兵衛は客ではないと見抜き、たちまち不安になった。

「いらっしゃいませ」

八兵衛はいちおう、客を迎えるように声をかけた。

「番頭さんですか」

男はきいた。

「はい、さようで」

「私は亀戸天満宮《かめいどてんまんぐう》境内にある『亀屋《かめや》』という料理屋の主人で幸輔《こうすけ》と申します」

料理屋の主人と聞いて、八兵衛は胸がざわついた。

「何か」

恐る恐るきいた。

「じつは、昨夜、芝木甚兵衛さまという南割下水《みなみわりげすい》に住まわれるお侍さまが三人でいらっしゃいまして、勘定をこちらでいただくようにと」

「どうぞ、こちらに」

あわてて、八兵衛は『亀屋』を土間の隅に呼び、

「私どもは知らないことです」

と、口にした。

「知らない？」

「はい。私どもは芝木甚兵衛というお方をまったく知りません。どういうわけか、芝木甚兵衛さまは勝手に『大代屋』の名前を出しているようで」

「………」

幸輔は虚《うつ》ろな目をした。

「先日も、駒留橋近くの料理屋『若竹家』のご主人が芝木甚兵衛さまの付けを取りに来ました。私どもではまったく寝耳に水でして」

ひと月ほど前、『若竹家』の主人がやってきて、芝木甚兵衛さまの勘定をいただきたいと言った。

八兵衛の知らないところで主人と話がついているのかと思ったが、主人の宗五郎《そうごろう》も知らないと言う。

『若竹家』の主人は困惑していたが、その日はそのまま引き上げていった。

だが、それから十日も経《た》たずして、また『若竹家』の主人がやってきた。

芝木甚兵衛が三人連れで来て、料理と酒をさんざん食ったり呑んだりして、やはり勘

定を『大代屋』に付けておけと言った。今度は話がついているからと。半信半疑ながら、『若竹家』の主人は再び『大代屋』にやってきたのだ。

「『若竹家』には二度も行ったようです。一度目のとき、私どもと芝木さまは関係ないと申し上げてわかっていただいたのですが、また現れたそうです。そのときも、『大代屋』からもらえと。前回は手違いがあったが、今度はちゃんと『大代屋』も承知しているからと。それも嘘でした」

八兵衛が話し終えると、

「そうでしたか」

と、幸輔は口元を歪めた。

「あの連中はあちこちで、そうやって、ただ呑み、ただ食いを繰り返しているんです」

八兵衛は顔をしかめた。

「また、現れるでしょうか」

幸輔は苦い顔をした。

「ええ、何度でも押しかけてくるかもしれません」

八兵衛は言い、

「『亀屋』さん。とんだ災難でした」

と、同情した。

「最初から怪しいと思っていたのですが、へたに歯向かって店の中で暴れられたらと思うと……」

　幸輔は顔を上げ、

「八丁堀《はっちょうぼり》の旦那に相談してみます」

と、言った。

「じつは……」

　八兵衛は声をひそめ、

「『若竹家』の件で、私どもも迷惑を被っているので、南町の葉田《はた》さまに相談したのです。でも、だめでした」

と、首を横に振った。

　葉田誠一郎《せいいちろう》は南町の本所・深川《ふかがわ》方面を受け持っている定町廻《じょうまちまわ》り同心《どうしん》である。

「葉田さまは注意をしておくと言いましたが、芝木甚兵衛に会いに行った形跡はありません。直参には手出し出来ないようです」

「葉田さまに相談しても無駄だということですか」

　幸輔は困りきっている。

「ええ、残念ながら奉行所は本所の悪御家人には手出しが出来ません」

　八兵衛は悔しがる。

「では、またやってきても、ただ食いを許せということですか」

「拒んだら、仕返しされるんじゃないですか。呑み食いの代金ぐらいでしたら、泣き寝入りをしたほうがまだ損害は少ないかもしれませんね。そういえば、『若竹家』の件ではまだ続きがあるのです」

八兵衛は口にする。

「芝木甚兵衛が『若竹家』に三度目にやってきたときのことだそうです。主人は過去二回分の勘定を払ってもらえなければ、座敷に上げることは出来ないと思い切って拒んだそうです。そしたら、案の定、大声で脅しを……」

「そうなるでしょうな」

幸輔は溜《た》め息《いき》をつく。

「そのとき、客で来ていた花川戸の幡随院長兵衛というお方が助けてくれたそうです。もし、今後も顔を出すようなら花川戸の『幡随院』まで知らせろと言われたと」

「花川戸の幡随院長兵衛さま。名を聞いたことがあります」

幸輔は呟く。

「今売り出し中の若い親分さんだそうです」

八兵衛は教えた。

「そうですか、わかりました。『若竹家』に行って話を聞いて参ります。ありがとうございました」

幸輔は礼を言い、そそくさと引き上げていった。

ちょうど奥から主人の宗五郎が出てきた。細身だが、背筋がしゃんとして風格がある。四十半ばだ。

「旦那さま。お出かけですか」

八兵衛は声をかけた。

「うむ。大村《おおむら》さまのお屋敷に行ってくる」

大村喜三郎《きさぶろう》は浜町《はまちょう》に屋敷がある五百石取りの旗本だ。以前から、ご新造《しんぞう》や女中の着物を納めていた。

「大村さまにはいつもご贔屓《ひいき》をいただいて」

「うむ、ありがたいことだ」

宗五郎は答えてから、

「じゃあ、行ってくる」

「旦那さま」

八兵衛が呼び止め、

「今、亀戸天満宮境内にある『亀屋』さんの主人が、芝木甚兵衛の呑み食いの勘定を受け取りに参りました」

「なに、『亀屋』さんまで？」

宗五郎は目を見開き、

「なぜ、よりによって、『大代屋』の名を出すのか」

と、首をひねった。

「こちらで気づかないうちに、芝木甚兵衛という侍と何かあったのでしょうか」

八兵衛は気になった。

芝木甚兵衛の妻女か身内が『大代屋』に反物を買いに来て、そこで何か悶着《もんちゃく》があって、そのことでいやがらせを受けているとか。そんな心当たりはないが、一方的に恨みを買っているのかと悩んだ。

今のところ、『大代屋』に金銭的な実害はないが、この先はわからない。

「南町の葉田さまに相談しても埒《らち》が明きませんしね」

八兵衛は悲観する。

「葉田さまは芝木甚兵衛に頭が上がらないらしいという噂《うわさ》だ」

宗五郎が声をひそめた。

「頭が上がらないとは？」

「相手が直参だからというだけでなく、芝木甚兵衛は南町にも顔がきくらしい」

「じゃあ、芝木甚兵衛は奉行所でも手がつけられないのでしょうか」

八兵衛は呆《あき》れたように言い、

「もし、この先何かあったら、うちも花川戸の幡随院長兵衛親分にすがったらいかがでしょうか」

と、考えを述べた。

「長兵衛親分に睨みをきかせてもらえば、芝木甚兵衛もめったなことは出来ないと思いますが」

「そのときは考えよう」

「はい」

宗五郎が外に待たせてある駕籠《かご》に乗って出かけるのを、八兵衛は見送った。

翌日、八兵衛が客を見送りに店の外に出たとき、ちょうど南町の同心葉田誠一郎から手札《てふだ》をもらっている岡っ引きの又蔵《またぞう》がひとりで向かってきた。隣の『豊島屋』から出てきたようだ。

八兵衛は思わず顔をしかめたが、

「親分さん」

と、腰を折った。

「どうだ、何も変わったことはないか」

又蔵が声をかけた。

「どうぞ、こちらに」

八兵衛は内心では嫌な奴が来たと思いながら土間に入り、いつものように店座敷の端に招じた。「どうだ、何か変わったことはないか」

又蔵は店内を見回して再びきく。

「はい、特には」

又蔵は小遣いをせびりに来たのだ。ここに来る前に、隣の『豊島屋』からもせびってきたに違いない。

八兵衛は手代に目配《めくば》せをし、帳場机の下にある銭函《ぜにばこ》から一分金《いちぶきん》を取り出し、懐紙に包んで持ってこさせた。

八兵衛はそれを受け取り、又蔵の羽織の懐に入れた。

「まあ、何かあったら言うんだぞ」

又蔵は満足そうに踵《きびす》を返そうとした。

「親分さん」

八兵衛は呼びかけ、

「じつは昨日、亀戸天満宮境内にある『亀屋』さんのご主人が、御家人の芝木甚兵衛さまの呑み食いの勘定を受け取りにここに参りました」

と、口にした。

又蔵は表情を曇らせ、

「今度は『亀屋』か」

と、呟く。

「はい。『若竹家』さんに続いて二軒目です。この先、他の料理屋からもやってきそうな気がするのですが」

「まだ、実害はないのだな」

又蔵が確かめる。

「はい、うちはありません。ですが、『亀屋』さんは……」

「『大代屋』が被害に遭ったとき、また話を聞こう」

やはり、逃げようとする。

「芝木甚兵衛さまにわけをきいていただくことは出来ませんか」

「それは出来ねえ。相手はお武家さまだ」

又蔵は突き放すように言う。

「でも、被害に遭っているのは町の衆ですが」

又蔵は悪臭を嗅いだように顔をしかめ、

「現場に行き合わせたら問いかけることも出来るが、あとから会いに行ったところでとぼけられるだけだ」

「でも、被害に遭っているわけですから」

八兵衛は食い下がった。

「『若竹家』にしろ『亀屋』にしろ、たいした額ではあるまい」

又蔵は面倒くさそうに吐き捨てる。

「でも、たび重なれば、積もり積もって」

「そんなばかなことはしねえはずだ。まあ、もう少し様子を見よう」

「親分さん、こんなときのために心付けを」

八兵衛は厭味《いやみ》を言う。

「だから、もう少し様子を見ようって言っているじゃねえか」

又蔵は逃げるように『大代屋』を出ていった。

頼りにならない親分だと、八兵衛はその背中を睨み付けていた。

又蔵は『大代屋』を出て、横網町《よこあみちょう》の自身番《じしんばん》屋に向かった。

同心の葉田誠一郎が上がり框に腰を下ろし、自身番に詰めている家主と話をしていた。

その表情が厳しかったので、又蔵はおやっと思った。

「旦那」

又蔵は声をかけた。

「おう、来たか」

葉田はほっとしたように上がり框から立ち上がった。

「葉田さま。どうか、よろしくお願いいたします」

家主が言う。

「わかった」

葉田は厳しい顔で返事をし、自身番屋を離れた。

「旦那、家主は何を言っていたんですかえ」

又蔵はきいた。

「不良御家人のことだ」

「芝木甚兵衛ですか」

「ああ、横網町の下駄《げた》屋の小僧が店の前で水をまいているときに芝木甚兵衛が通り掛かり、水が跳ねたと言いがかりをつけられたそうだ」

葉田は口元を歪める。

「あちこちで聞きます」

「下駄屋の主人はいくばくかの銭を渡して許してもらったそうだ。そのことを自身番に訴えた」

「でも、相手が直参では……」

又蔵は萎縮したように言う。

「被害に遭っているのは町人だから、相手が直参だろうが奉行所が乗り出さねばなるまい。だが、芝木甚兵衛では相手が悪い」

葉田は口の辺りを手でこすった。

「じつは、『大代屋』の番頭から聞いたんですが」

と、又蔵は『亀屋』にも芝木甚兵衛が現れた話をした。

「それで、なぜ『大代屋』の名を使うのか、芝木さまに確かめてもらいたいと」

「うむ。確かに、あの連中のやっていることはゆすりたかりの類だが……」

葉田は顔をしかめた。

「なんとかならないんですかね。このままじゃ、この先、図に乗ってどんどん我がもの顔になって収拾がつかなくなりますぜ。その恨みが、あっしらに向かうのは目に見えています」

「俺だって、ただ手をこまねいているわけではない。上役に相談し、御徒目付《おかちめつけ》に話をした。御徒目付は小普請組頭に会って話をしたそうだが、そのような事実はないと言われたそうだ」

葉田は呆れたように続ける。

「小普請組の侍はなかなかお役に就けず、いらだっている。少しぐらい羽目を外しても仕方ないというのが組頭の考えだ」

「町の衆はいい迷惑じゃありませんか」

「ああ、だから、もっと大きなことをやるようになったときに……」

「それじゃ、遅いんじゃないですか」

又蔵は不満を漏らした。

又蔵が芝木甚兵衛らを批判するのは町の衆のためだけではない。あちこちの商家に顔を出して小遣いをもらっているが、これ以上芝木たちが暴れると、迷惑を被った商家は又蔵に金を出さなくなるかもしれない。それが心配なのだ。

自身番を出て、ふたりが横川《よこかわ》に差しかかったとき、三人の男がひとりの男を取り囲んでいた。男はいきなり殴られ、倒れた。

「旦那」

又蔵はどうしますかと目顔できいた。

「止《や》めさせろ」

葉田が言い、又蔵は男たちのところに駆けつけた。

「おい、何をしているんだ?」

又蔵が声をかける。

「親分」

背の高い男が振り向いた。

「おまえは『寺田屋《てらだや》』の？」

深川佐賀町《さがちょう》にある人貸し業『寺田屋』の手代の泰吉《やすきち》だった。

「へえ、じつはこの野郎が『寺田屋』で紹介した奉公先をやめようとしたんです。そんな勝手は許されねえんで言ってきかせているんです」

泰吉が顔をしかめて言う。

「そうか。で、どうする気だ？」

又蔵がきく。

「少し焼《やき》を入れてから奉公先に戻します」

「手荒なことはするな」

「へえ。ですが、『寺田屋』の信用に関わることですので、このままじゃ済まされねえんで」

「あそこはいやだ。他の奉公先に変えてください」

倒れている男が訴えた。

「わがまま言うんじゃねえ」

泰吉が怒鳴った。

又蔵はその男の前にしゃがみ、

「おまえの名は？」

「へえ、六助《ろくすけ》です」

「なんで、奉公先が気に入らねえんだ？」

「あの屋敷は……」

「やい、六助。『寺田屋』の得意先のことをべらべら喋《しゃべ》るんじゃねえ」

　泰吉が怒鳴った。

「こんなにいやがっているじゃねえか。奉公先に何かあるんじゃねえのか」

　又蔵が口をはさむ。

「親分さん。こいつは『寺田屋』の問題でして」

「その奉公先はどこなんだ？　念のために聞いておきたい」

　同心の葉田が声をかけた。

　泰吉は驚いて、

「こいつは旦那」

　と、軽く頭を下げた。

「へえ、じつは南割下水の芝木甚兵衛さまのお屋敷でして。ひと月前から下男として……」

「芝木甚兵衛……」

又蔵は思わず呟いた。

「よし、わかった。よいか、ほどほどにな」

葉田はそう言い、踵を返した。

「旦那」

又蔵はあわてて追いかける。

「いいんですかえ、あのままで」

「仕方ない」

葉田は不機嫌そうに言い、横川沿いを法恩寺橋《ほうおんじばし》に向かった。

又蔵は六助のことを気にしながら葉田のあとを追った。

三

長兵衛が長火鉢の前で煙草を吸っている横で、さっきからお蝶がじっと壁の一点を見つめている。

「何を考えているんだ？」

長兵衛は長火鉢に煙管の雁首《がんくび》を叩《たた》いて灰を落としてきいた。

「ええ、ちょっと」

お蝶は曖昧に返事をする。

「ひょっとして、また俺のことで何かするつもりか」

お蝶は、長兵衛を俠客として売り出すためにいろいろなことを考えてきた。

なかでも、長兵衛を初代の幡随院長兵衛の生まれ変わりだとして売り出そうとし、それを実践する度胸には驚いた。

初代の長兵衛は市中で暴れる旗本奴をやっつけたので町の衆から絶大な人気を得たのだ。幡随院長兵衛の名がさらに上がったのは、延享《えんきょう》元年（一七四四）に幡随院長兵衛を題材にした歌舞伎が上演されてからだ。その後もたびたび上演されている。芝居は事実とかけ離れ、だいぶ誇張されているが、町の衆は芝居の長兵衛と実在の長兵衛の区別はつかない。こうして、初代幡随院長兵衛は江戸の英雄になった。

九代目長兵衛の名を高め、初代以上の男にしようと、お蝶は思っているのだ。

初代の幡随院長兵衛は二十五歳のときに花川戸で口入れ稼業をはじめた。だから、二十五歳になったときに、お蝶は先代に隠居を勧めて、長兵衛を九代目にしたのだ。先代の父はまだまだ現役でいたかったようだが、お蝶の説得に負けてしまったのだ。

今、先代は人形町《にんぎょうちょう》通りで、妾《めかけ》のお染《そめ》と暮らしている。お染は元芸者で、四十近いが、まだまだ艶っぽい。

「おまえさんの名もこの周辺では売れていても、本所のほうではまだまだ。そこをどうするか」

お蝶は真剣な顔で言う。

先日の回向院の帰りに寄った『若竹家』でのことを頭に描いているのだろう。

「まあ、本所・深川ではあまり馴染《なじ》みがないからな」

長兵衛は苦笑する。

そのとき、襖《ふすま》の向こうで声がした。

「親分、亀戸天満宮境内にある『亀屋』の主人が親分に会いたいと来ておりますが」

「『亀屋』？」

長兵衛は首を傾《かし》げた。

「わかった。すぐ行く」

長兵衛は煙管を仕舞って立ち上がった。

土間に行くと、羽織姿の四十年配の男が立っていた。

「長兵衛ですが」

長兵衛は上がり框の前で腰を下ろして言う。

「私は亀戸天満宮境内の料理屋『亀屋』の主人で幸輔と申します。いきなりお訪ねして申し訳ありません」

幸輔は詫《わ》びてから、

「じつは、『若竹家』さんからお伺いして参りました」

と、切り出した。

芝木甚兵衛という御家人ら三人が『亀屋』で呑んだり食ったりした代金をもらえと言われ、『大代屋』に行ってみたが、嘘だとわかった。また、やってくると思うので、どうしたらいいかという話だった。

「『若竹家』にまた芝木甚兵衛がやってきたら幡随院長兵衛親分が相手になるとおっしゃったそうで」

「よし、わかった。心配しなさんな。芝木甚兵衛がやってきたら、幡随院長兵衛の名前を出しなせえ」

「ありがとうございます」

幸輔は頭を下げたあと、懐紙に包んだものを差し出した。

「なんですね、これは？」

「多少ではありますが、御礼《おれい》の気持ちを」

「いや、こんなものが欲しくてやっているんじゃありませんぜ」

長兵衛は押し返した。

「なにも『亀屋』さんのためだけにやるんじゃない。ほうっておいたら、他にも被害に遭う店も出ましょう。そんな輩が許せないだけだ」

長兵衛は厳しい顔で言う。

「わかりました。たいへん失礼いたしました」

幸輔は懐紙を引っ込めた。

「では、よろしくお願いいたします」

幸輔は頭を下げて戸口に向かう。

「ごくろうさまでした」

吉五郎が見送り、戻ってきた。

「親分」

吉五郎が声をかける。

「本所の不良御家人ですね」

「うむ。たちの悪い連中だ。直参だから、奉行所も腰が引けているのだろう。町の衆が迷惑を被るだけだ。場合によっては、本所のならず者の侍と一戦を交えることになるかもしれない。そのつもりでいてくれ」

「わかりました。皆にもそのことを徹底しておきます」

長兵衛は居間に戻り、お蝶に事情を話す。

「おまえさん、本所の掃除をしましょう。これをしなくて、何が俠客か、ですよ」

お蝶は煽《あお》るように言う。

男を上げるいい機会だと思っているようで、長兵衛は苦笑した。

「それにしても、その御家人は、なぜ『大代屋』に付けを押しつけるのかしら」

お蝶が真顔になった。

「俺もそこが引っ掛かっていた。ひょっとして、芝木甚兵衛は『大代屋』に何か含むところがあるのかもしれぬな」

「ええ、狙いはあくまでも『大代屋』だとしたら、これからもあちこちの料理屋の付けが『大代屋』に」

「しかし、実際には『大代屋』が付けを支払うわけではない。実害はないが」

「でも、これから何かあるかもしれません」

「うむ」

長兵衛は考えて、

「『大代屋』に行ってみよう」

「おまえさん、まがりなりにも直参が相手の話だから、吉五郎を伴ったほうがいいんじゃないかしら」

「そうだな。吉五郎にも状況を知っておいてもらったほうがいいな」

長兵衛は頷《うなず》いて立ち上がった。

四半刻《しはんとき》（三十分）後、長兵衛と吉五郎は吾妻橋を渡り、石原町《いしわらちょう》を抜けて御竹蔵《おたけぐら》の脇に差しかかる。左手は武家地だ。

非役の旗本、御家人たちが住んでいる。さらに進むと南割下水に出た。通りには武士や中間などの姿が見える。

芝木甚兵衛の屋敷はどこかわからないが、この付近に住んでいるはずだ。

亀沢町《かめざわちょう》の角を回向院のほうに曲がる。

回向院裏の松坂町にある呉服屋の『大代屋』はすぐわかった。

吉五郎が店先に立ち、店内を窺《うかが》う。店座敷には客が数人いた。

「いらっしゃいませ」

手代らしい若い男が声をかけてきた。

「こちら、花川戸の幡随院長兵衛親分です。旦那にお会いしたいのですが」

吉五郎が丁寧に言う。

その声を聞いたのか、四十年配の男が駆け寄ってきた。

「これは長兵衛親分さんですか。私は番頭の八兵衛と申します」

「番頭さんか。ご主人はいますかえ」

「はい。どうぞ、こちらに」

番頭は店座敷の隅から上がるように言い、近くにある小部屋に招じた。商談に使う部屋だ。

「少々、お待ちください」

番頭はそう言い、部屋を出ていった。

待つほどのこともなく、細身の四十半ばぐらいの男が入ってきた。

「主人の宗五郎にございます」

番頭の八兵衛は敷居の近くに控えている。

「幡随院長兵衛です。じつは今朝方、『亀屋』のご主人が『幡随院』に来られました。事情を聞きましたが、『若竹家』さん同様、芝木甚兵衛という御家人が呑み食いの付けを『大代屋』さんにまわしたとのこと」

「はい。『若竹家』さんだけでなく『亀屋』さんまで、芝木甚兵衛さまの付けを取りに来たので、驚きました」

宗五郎は答える。

「『若竹家』さんも『亀屋』さんも付けを『大代屋』さんにまわしている。気になるのは、なぜ芝木甚兵衛が『大代屋』さんの名を出したのか」

長兵衛が疑問を呈する。

「はい。私どももそこが不思議でなりません。芝木さまと関わり合ったことはありませんし、芝木さまのお身内ともめごとを起こしたこともありません」

「芝木甚兵衛に限らず、客ともめたことは？」

「いえ、ございません」

宗五郎は言い、番頭のほうに目をやった。

「『幡随院』の親分さん」

番頭の八兵衛が身を乗り出すように、

「お客さまと問題を起こしたことはありません。ただ、ひと月ほど前に、買った反物に染みがついていたと文句を言いに来た若い男女がおりました。新しいのと取り替えろということでしたが、うちで売った反物ではないことがわかり、ふたりは捨て台詞を残して引き上げました。そのぐらいのことしか思い浮かびません」

「うむ」

長兵衛は頷き、

「芝木甚兵衛の狙いが『大代屋』さんにあるかもしれないと心配になったもので。この先、何かあったら、『幡随院』に知らせてくだせえ」

と、口にする。

「何かあるのでしょうか」

宗五郎が不安そうにきく。

「わかりません。だが、詐欺も考えられます」

「詐欺ですか」

「そうだ。大量の反物を買い求め、詐欺を働くとか」

「呑み食いの付けはその前触れでしょうか」

「まあ、ひとつの例を挙げただけですが」

「旦那さま」

八兵衛が不安そうな声を出した。

「あの『上州屋《じょうしゅうや》』さんからの注文」

「しかし、あれは」

宗五郎は戸惑いながら言う。

「その話、なんですか」

長兵衛は気になった。

「はい。十日ほど前に、『上州屋』の番頭さんがやってきて、創業五十年の記念に揃《そろ》いの着物を作りたいと。とりあえず、百人分の反物を用意してもらいたいというお話でした」

宗五郎が説明する。

「『大代屋』さん。『上州屋』の番頭というのは間違いないんですね」

吉五郎が口を入れた。

「と、思いますが」

「『上州屋』はどこにあるんですね」

吉五郎はさらにきく。

「池之端仲町《いけのはたなかちょう》だそうです」

「その店に行ったことは？」

「ありません」

「念のために、その番頭がほんとうに『上州屋』のひとか確かめたほうがいいかもしれませんね」

長兵衛は口にする。

「わかりました」

宗五郎は焦ったように答えた。

「では、何かあったら、花川戸の『幡随院』に」

長兵衛はそう言って腰を上げた。

宗五郎と八兵衛の見送りを受けて、長兵衛と吉五郎が『大代屋』を出ると、隣の『豊島屋』から大声が聞こえた。

「親分」

吉五郎が聞きとがめ、

「見てきます」

と、『豊島屋』の戸口に駆け寄った。

長兵衛もあとに続く。

店の中で、いかつい顔をした遊び人ふうの男が喚《わめ》いていて、店の者はすくみ上がっていた。男の横には眉毛の薄い無気味な顔の仲間がいた。

吉五郎が土間に入り、

「どうかしましたか」

と、誰にともなく声をかけた。

喚いていた男が振り返り、

「なんだ、おめえは?」

と、ぎょろ目を向けた。

「通り掛かりの者だ。やけに汚い怒鳴り声が聞こえたので何ごとかと思ってね」

吉五郎は揶揄《やゆ》するように返した。

「てめえ、俺に喧嘩《けんか》を売る気か」

男が腕まくりをした。蛇の彫り物が見えた。

「落ち着け。その前に何があったのか、教えてくれないか」

吉五郎は静かにきく。

「俺の女がここで買った簪《かんざし》が気に入らないって言うから返しに来た。その代金を返してもらおうとしたら、なんだかんだと言いやがって」

男は唾を飛ばしながら喚く。

「その簪はうちで売ったものではありません」

店の奉公人が怯えながら訴える。

「いや。ここで買ったものだ」

「その女のひとはどこに？」

吉五郎は見回す。

「俺が代わりに来たんだ」

「お店のひとがここで売ったものではないと言っている。おまえさん、店を間違えたのではないか」

「間違いねえ。ここだ」

彫り物の男は言い張る。

「その女《ひと》を連れてきたらはっきりする。ともかく、店の中で大声を張り上げられたらみんなが迷惑だ」

「この野郎」

いきなり男が手を伸ばし、吉五郎の胸倉を摑みにかかった。

吉五郎はその手首を摑んでひねった。

「痛《い》てっ」

男は叫んだ。

眉毛の薄い男が匕首《あいくち》を抜いた。

「よさねえか。このような場所で、そんなものを振り回すんじゃねえ」

長兵衛が一喝する。

眉毛の薄い男は立ちすくんだ。

「簪はほんとうにここで買ったのか。どうだ？」

吉五郎が男の手首をさらにひねった。

男は体が倒れそうになりながら、

「俺はそう聞いてきたんだ」

と、悲鳴を上げる。

「ともかくその女を連れてこい。はっきりさせようではないか」

長兵衛は言い、

「女を連れてくるまで、この男を預かっておく」

と、眉毛の薄い男の手から匕首をひったくった。

「じゃあ、早く行ってこい」

吉五郎は彫り物の男の手首を放した。

男はぐずぐずしている。

「どうした、早く行け」

長兵衛がせきたてた。

「どうやら勘違いだったようだ」

彫り物の男が口惜しそうに言う。

「勘違いか。騙《だま》して金をふんだくろうとしたんじゃあるまいな」

「違う。勘違いだ」

彫り物の男は言い張る。

「そうか。じゃあ、このようなことで、もうやってこないな」

吉五郎は言い、

「俺は花川戸の『幡随院』の番頭で吉五郎だ。こちらが幡随院長兵衛親分だ。おまえさんの名は？」

「へえ」

「へえ、じゃねえ。名前だ？」

「三蔵《さんぞう》で」

「向こうは？」

「富助《とみすけ》です」

「三蔵に富助か。もし、仕返しがしたければ、花川戸の『幡随院』まで来い。いつでも相手になってやる」

「仕返しだなんて。滅相もない」

彫り物の男はあわてて言い、眉毛の薄い男に目配せし、戸口に向かった。眉毛の薄い男も逃げだす。

「待て」

長兵衛は呼び止め、

「忘れ物だ」

と、匕首を放った。

眉毛の薄い男は素早く拾い、彫り物の男を追って去っていった。

「ありがとうございました。私は番頭でございます」

「ゆすりだな」

長兵衛が言う。

「はい。金を払わないと、店の中を目茶苦茶にしてやると怒鳴っていました」

「そうか。見かけたことがある顔か」

「最近、この近所をうろついているようで、一度、店の前を通り過ぎたのを見ました」

「近所をうろついている？」

長兵衛は首を傾げ、

「妙だな」

と、呟く。

「何かありますね」

吉五郎も嫌そうな顔をした。

「もし、また妙な連中が来たら、花川戸の『幡随院』に知らせるのだ」

長兵衛は番頭に言って、『豊島屋』をあとにした。

来た道を戻り、南割下水を過ぎるとき、どこかから射るような視線を感じた。

「誰かが見ていますね」

吉五郎が言い、

「立ち止まって睨み返しましょうか」

「よし」

長兵衛と吉五郎は立ち止まり、視線の先を振り返って睨み付けた。

やがて、視線が消えた。

ふたりはゆっくり本所を引き上げていった。

四

川風が冷たい。めっきり日が短くなった。同心の河下又十郎《かわしたまたじゅうろう》は川沿いの道を急ぎ、橋場《はしば》の船着場の手前を浅茅ヶ原《あさじがはら》のほうに折れた。

近くに寺の塀が見える木立の近くに数人の男が集まっていた。

「旦那」

手札を与えている岡っ引きの勘助《かんすけ》が河下に頭を下げた。

「ごくろう」

「どうぞ」

勘助は木の陰に横たわっているホトケのそばに行き、莚《むしろ》をめくった。

赤地に黄色の派手な着物が目に飛び込んできた。二十四、五歳の女だ。

河下はしゃがんで手を合わせて、亡骸《なきがら》を検《あらた》めた。

左肩から袈裟《けさ》懸《が》けに斬られている。肌も変色している。死後だいぶ経っている。それも何日もだ。

「殺されて十日ぐらいか」

「そんな感じですね」

「埋められていたのか」

「そうです。野犬が掘り起こしたようです。近くの寺の寺男が、野犬がやけに騒ぐので様子を見に来て見つけたということです」

「商売女のようだな」

河下は派手な着物の柄を見た。白粉《おしろい》が剝げてまだらに素肌が見える。吉原《よしわら》が近く、廓内《かくない》の羅生門河岸《らしょうもんがし》や西河岸《にしがし》などに下級の女郎屋があるが、そこの女のようではなかった。

「岡場所の女で行方不明の届けは出ていないか、念のために調べてみるんだ」

河下が無惨な死体を見て言う。

「旦那。この風体は夜鷹《よたか》かも」

勘助が首を傾げた。

「夜鷹か」

夜鷹は柳原《やなぎわら》の土手に多く出没する。本所吉田町《よしだちょう》の根城から手拭いを頭にかぶり、莚を抱えて商売に出るのだ。

浪人が夜鷹を買い、支払いでもめて斬ったかと、河下は想像したが、すぐにかぶりを振った。

殺した女をここまで運んで埋めるのはひとりの力では無理だ。

「もしなんらかのもめごとがあって斬ったとしても、その場から逃げればいい。わざわざ、仲間の手を借りてここまで埋めに来る必要はない」

「そうですね。ということは……」

「そうだ、どこかの屋敷内で殺されたのかもしれない」

「でも、なんで夜鷹が屋敷の中に入ったんでしょうか」

勘助は疑問を呈する。

「ともかく、ホトケの身元を割り出すのが先決だ。吉田町で行方不明になっている女がいないか聞き込むんだ」

「へい」

勘助は手下《てか》といっしょに本所に向かった。

河下は死体を見つけた寺男から話を聞いた。

「野犬がやけに吠《ほ》えるので行ってみたら、土が掘り起こされて手が出ていたんです」

色の浅黒い寺男は顔をしかめる。

「亡骸が埋められたのは十日ぐらい前だと思うが、その前後で夜中に物音を聞いたり、人声を聞いたりしなかったか」

「十日ほど前ですか。そういえば」

寺男は思いだしたように顔を上げ、

「夜中に人声を聞いて裏口から出てみました。そしたら、提灯《ちようちん》の明かりが揺れていました。まさか、あれが死体を埋めていたところだったとは」

と、目を丸くした。

「どんな連中か覚えていないか」

「いえ、何も。ただ、何人かいたことしかわかりません」

寺男は答えた。

「正確な日にちはわかるか」

「そうですね」

寺男は首をひねったが、

「そうだ」

と、声を発した。

「九月の十三夜のあとです。その日は雲が多くて月が見え隠れしていました」

「曇っていたのは十四日か」

「はい。十四日の夜中だと思います」

「わかった」

河下は礼を言い、寺の境内を出た。

河下が橋場の自身番にいると、吉田町に聞き込みに行った勘助が戻ってきた。

「旦那。図星でした。お京《きょう》という女が十日前から姿が見えなくなっているそうです。妓夫《ぎゆう》を連れてきました」

「よし」

河下は自身番を出て、妓夫を伴い、亡骸を安置してある近くの寺に向かった。

妓夫は牛太郎《ぎゆうたろう》とも言い、夜鷹に付き添い、客引きや護衛の役をする。道々きくと、お京は逃げたと思っていたと答えた。

「心当たりを捜したのですが、見つかりませんでした。この稼業がいやになって逃げたんだろうと思ってました」

「そのような様子はあったのか」

「いえ。ただ、馴染みの男と親しくなり、その男にそそのかされていっしょにどこかに行ったのかもしれないと」

「最後の客はその馴染みの男か」

「いえ。お京は十日前の夜、ある御家人の屋敷に呼ばれたのです」

男は意外なことを言う。

「御家人の屋敷？」

河下は訝《いぶか》ってきいた。

「へえ、三人で呼ばれていったようです」

「なぜ、御家人の屋敷なんだ？」

「酒の相手をしたりしたようです」

「その屋敷から帰ってこなかったのか」

「それが……」

男は言い淀《よど》んだ。

「どうした？」

「へえ、他のふたりは帰ってきたんですが、お京だけは帰ってきませんでした」

「何があったんだ？」

「相手の男が離さないのでもうしばらくしてから帰ると、お京はふたりに言ったそうです。でも、朝になっても帰ってこないので、私がお屋敷に伺いました。すると、あのあと、寄るところがあるからと言って引き上げたと言うだけで」

「なるほど」

河下は最初の見立てに合致すると思った。

「屋敷の者がほんとうのことを言っているかどうか。で、その屋敷の当主は誰だ？」

「はい。芝木甚兵衛さまです」

「芝木甚兵衛どのだな」

河下は呟き、

「どんなお方だ？」

と、きいた。

「あまり評判のいいお方ではありません」

妓夫は言いづらそうに答え、

「だって、夜鷹を三人も屋敷に連れ込むんですから」

と、吐き捨てた。

「金は払ってくれたのか」

「いえ、付けだと」

「付け？　では、三人とももらっていないのか」

河下は呆れ返った。

「はい」

「お京が帰ったと言ったのは芝木甚兵衛どのか」

「そうです」

妓夫は表情を曇らせて頷く。

寺に着き、山門をくぐった。

本堂に行き、安置されている亡骸を妓夫に確かめてもらった。

ひと目見るなり、

「お京です」

「間違いないな」

勘助が確かめる。

「へえ、間違いありません。まさか、こんなことになっていたなんて」

妓夫は悄然《しょうぜん》と呟く。

「お京が芝木甚兵衛の屋敷を引き上げたという形跡はあるのか」

河下はきく。

「ありません。芝木さまが言うだけです。もう一度、お訊《たず》ねに上がりましたが、ひとりで帰ったと言うだけで」

「じゃあ、そのままに？」

「いえ、南町の葉田さまに相談しました」

本所・深川界隈《かいわい》を受け持っている同心の葉田誠一郎のことだ。

「で、葉田どのは調べたのか」

「いちおうは芝木さまに会いに行ってくれたようですが、そのままの説明を受けて引き上げてきました。私には、お京は芝木さまの屋敷を出て、好きな男のところに行ったようだと言うだけでした」

妓夫は葉田の対応に不満を持っているようだった。

「お京を引き取るか」

「はい。いったん帰って亭主にも知らせて、改めてひとを集めて引き取りに来ます」

「うむ、丁重に見送ってやれ。長い間、土の中に埋められていたのだ」

「わかりました」

妓夫は引き上げた。

「旦那。芝木甚兵衛って御家人が怪しいですね」

勘助が言う。

「ともかく、葉田どのに会ってみる」

「あっしも向こうの岡っ引きから事情を聞いてみます」

「そうしてもらおう」

河下はひとりで山門を出て、奉行所に向かった。

同心詰所《つめしょ》で四半刻ばかり待って、ようやく葉田誠一郎が戻ってきた。

「葉田さん」

同い年の同心に、河下は気さくに声をかけた。

「ちょっと教えて欲しいことがある」

「なんだ、珍しいな」

葉田は上がり框に腰を下ろした。

「今朝橋場で、十日間も土の中に埋められていた女の死体が見つかった。袈裟懸けに斬られていた」

「袈裟懸け？　下手人は侍か」

葉田の顔色が変わった。

「そうだ。女の身元はすぐにわかった。吉田町に住むお京という夜鷹だ」

「お京は死んでいたのか」

葉田は目を剝《む》いた。

「そうだ。芝木甚兵衛の屋敷を訪れたあと、行方がわからなくなっていたそうだ。葉田さん」

河下は続ける。

「あんたは芝木甚兵衛の屋敷に事情をききに行ったそうではないか」

「ああ、行った。だが。ひとりで帰ったと芝木甚兵衛は言っていた。それ以上は追及出来なかった」

葉田は目を細めて言う。

「どう思う？」

河下は葉田の目を見つめた。

「どうとは?」

葉田がきき返す。

「芝木甚兵衛はどんな男だ?」

質問を変えた。

「不良御家人だ」

「だろうな、屋敷に夜鷹を三人も引き込んでいるのだからな」

「芝木には与田鉄之進《てつのしん》と長尾鎌太郎《かまたろう》という子分のような御家人がいる。おそらく、その三人で呑んでいる席に夜鷹を呼んだのだろう」

葉田が貶《さげす》むように言う。

「直参がそんな真似をして、上役に知れたら大事じゃないのか」

河下は呆れた。

「そうだ。へたをしたら、甲府勤番《こうふきんばん》どころか士籍《しせき》を剝奪されかねない」

甲府勤番衆は、江戸城の西の守りの要である甲府城の守備のために派遣されるが、江戸から遠く、また山国なので誰もが勤務をいやがった。そのため、次第に問題を起こした御家人を懲罰的に行かせるようになった。

芝木甚兵衛らの振る舞いを上役が知れば、懲罰の対象になりうるはずだ。

「自棄《やけ》になっているのか」

「そうだろう」

葉田は哀れむように言う。

「やはり、お京を殺したのは芝木甚兵衛だと考えるのが自然だな」

河下が言い、

「先に帰った夜鷹ふたりから話は聞いたのか」

と、確かめた。

「ただ、屋敷に呼ばれたかを確かめただけだ。事件ではないので、詳しくは聞いていない。だが、お京が殺された今、事情が変わった。改めて、詳しく話を聞いてみる」

「うむ、屋敷で殺しにつながる何かがあったはずだ」

河下は言う。

そのとき、葉田が、あっと思いだしたように叫んだ。

「そうだ。じつは数日前、佐賀町にある『寺田屋』から芝木甚兵衛の屋敷に下男として派遣されていた六助という男が、逃げだした。それで、『寺田屋』の者に見つかって制裁を受けていた」

葉田はそのときの様子を語った。

「なぜ、逃げだしたのだ？」

「詳しいことは言わなかった。ただ、あそこはいやだと。まさか」

葉田ははっと表情を変えた。

「そのまさかだ。六助は芝木甚兵衛がお京を殺すところを見てしまったのではないか。それで怖くなって」

河下は想像した。

「そうかもしれぬな。よし、六助を問《と》い質《ただ》してみよう」

葉田は勇躍して言う。

「ところで、芝木甚兵衛はもともとどのような男なのだ？」

河下はきいた。

「三年前まで、御徒衆だったそうだ」

御徒衆は若年寄《わかどしより》の支配下にあり、将軍御成《おな》りのときに警固などを行う。

「朋輩《ほうばい》の妻女に懸想をし、その朋輩と喧嘩になって怪我をさせたことで小普請入りを命じられたそうだ」

「与田鉄之進と長尾鎌太郎は？」

「与田鉄之進は勘定方の役人だったが、袖の下をもらったことがバレて小普請組に、長尾鎌太郎も女絡みの失敗のようだ」

葉田が口元を歪め、

「三人ともお役に就く当てはなく、自暴自棄になっているのかもしれない」

と言い、じつは、とさらに続けた。

「あの三人はあちこちの料理屋で呑み食いをし、その付けを三人と関係ない店に勝手に押しつけている。苦情を訴えられたが、その場で話を聞くならともかく、事後に話を聞きに行ってもまったく話にならない」

と、口惜しそうに言う。

「奉行所もなめられたものだ」

河下も憤然とする。

「じつは、芝木甚兵衛の件は与力《よりき》どのから注意を受けていた」

「与力？　誰だ？」

「いや、それは勘弁してくれ。想像はつくはずだ」

「筆頭与力の佐久平文五郎《さくひらぶんごろう》さまか」

「…………」

葉田は曖昧に頷き、

「芝木甚兵衛は不満を持つ小普請組の連中を煽って何をしでかすかわからないから、なるたけ刺激しないようにと言われたのだ」

と、悔しがる。

「だが、今度はひと殺しの疑いだ」

「だが、芝木甚兵衛の調べは出来ない」

「ちっ。与力どのは何を恐れているのだ？」

「詳しい事情は教えてもらえなかったが、芝木には手を出すなと。だから、たとえひと殺しの疑いがあっても、こっちは芝木甚兵衛には何も出来ないのだ」

「ばかな」

河下が吐き捨てる。

「芝木甚兵衛の背後に大物がいるのではないかと、俺は思っている」

「誰だ？」

「それはわからない」

「ようするに、奉行所は芝木甚兵衛のやることに手をこまねくだけということか」

河下は怒りを滲《にじ》ませる。

「そうだ。町の衆も奉行所は頼りにならないと見下し、何かあったら花川戸の幡随院長兵衛を頼ると言っているようだ」

「なに、幡随院長兵衛？」

河下は目を見開いた。

「知っているのか」

「ああ、知っている。花川戸は俺の受け持ちだ。幡随院長兵衛は今売り出し中の侠客だ。そうか。長兵衛が芝木甚兵衛の件に首を突っ込んでいるのか」

河下は鷲鼻《わしばな》を人差し指でかいた。河下の鼻は先が尖《とが》って下に曲がっている。

「どうした？」

葉田がきいた。

「長兵衛の手を借りるか」

河下は言う。

「手を借りる？」

「長兵衛に調べさせるのだ」

「待て。我らがそのような者の力を借りたとあっては、沽券《こけん》に関わる」

葉田は顔をしかめた。

「力を借りるのではない。利用するのだ」

「利用？」

「そうだ。俺たちは手が出せなくとも、長兵衛には関係ない。芝木甚兵衛に揺さぶりをかけてもらう」

河下の意図を察したのか、葉田はにやりとした。

「両者を争わせるのか」

「まあな」

長兵衛をうまく使い、芝木甚兵衛を追い詰める。そして、手柄を上げて筆頭与力の佐久平文五郎の鼻を明かすのだと、河下はにんまりした。

五

翌朝、朝餉《あさげ》のあと、長兵衛は居間で煙草をくゆらせていた。

お蝶が外出の支度をして、顔を出した。

「おまえさん、では、行って参ります」

長兵衛は煙管を仕舞い、立ち上がった。

『幡随院』からひとを派遣している下谷広小路《したやひろこうじ》にある大店《おおだな》に挨拶に行くのだ。

土間ではすでに手代の吾平《ごへい》が待っていた。二十歳で、上州の百姓の子だった。五年前から『幡随院』で働いている。

「吾平、頼むぜ」

吉五郎が供をする吾平に声をかけた。

「へい」

「じゃあ、吾平。行こうかえ」

お蝶は戸口を出た。

長兵衛と吉五郎はふたりを見送った。

お蝶は芝《しば》のほうの口入れ屋の娘だった。父親が死んで店を継ぐところだったのを先代である長兵衛の父親が強引に長兵衛の嫁にしたのだ。お蝶は嫁入りに際して松坂町の『大代屋』で花嫁衣装を誂えたという。

先代はお蝶を気に入っていた。俺の目に狂いはないと、長兵衛の意見もきかずにことを進めた。

先代の言うとおり、お蝶は長兵衛を引き立てた。長兵衛を日本一の侠客にするというのが自分の使命だとお蝶は思っているようだった。

長兵衛が居間に戻ると、すぐに襖の外で勝五郎《かつごろう》の声がした。

「親分、河下さまがお見えです」

「河下さま?」

あまりいい話ではないという予感がして、長兵衛は眉根を寄せた。

「客間にお通ししてくれ」

「はい」

「勝五郎」

長兵衛は呼び止めた。

「へい」

勝五郎は襖を開けた。

勝五郎は実の名を大前田栄五郎《おおまえだえいごろう》という。二十四歳。細面で目鼻だちも整っているが、向こう意気の強そうな目付きをしている。

「河下さまはおまえを変な目で見ていたか」

「いえ、特には感じませんでした」

同心の河下は勝五郎が大前田栄五郎だと疑っていたが、今ではそれも薄らいでいるようだ。

栄五郎は上州大前田村を中心にその周辺を縄張りにしている博徒の倅《せがれ》だ。祭礼博打《ばくち》の場所割りのことでもめて以来、いがみあっていた新田郡久々宇《にったぐんくぐう》の丈八《じょうはち》を、栄五郎は仲間と三人で斬り殺してお尋ね者になり、長《なが》の草鞋《わらじ》を履いた。

栄五郎は江戸に行くならどこを頼ればいいか評判を訊ね、幡随院長兵衛は歳《とし》は若いがたいした貫禄だという話をあちこちで聞いてやってきたのだ。

長兵衛は栄五郎の名を勝五郎に変えさせて匿《かくま》った。

「それならいい。もう落ち着いたようだ」

長兵衛は満足そうに頷く。

「へえ、おかげさまで追手らしき者は見なくなりました」

「これからは、こそこそする必要はない。『幡随院』の手代の勝五郎として大手を振って外出も出来る。得意先回りもしてもらう」

「へえ、ありがとうございます」

勝五郎は深々と頭を下げた。

勝五郎が去り、しばらくして、長兵衛は立ち上がった。

客間では、河下又十郎が煙草を吸って待っていた。長兵衛を見て、河下は灰吹に灰を落として煙管を仕舞った。

「お待たせいたしました」

長兵衛は向かいに腰を下ろす。

「いや、一服しただけだ」

河下は機嫌がよさそうだ。

「で、河下さま。どんな御用で?」

長兵衛はさっそくきいた。

「いや、用というほどのことではない」

「………」

長兵衛は首を傾げた。特に用がないのに顔を出すことなどかつてなかった。長兵衛の不審を払拭するように、河下は口にする。

「じつは橋場で殺しがあってな。昨日死体が発見された。今朝も現場に行ってきてその帰りなのだが、この前を通り掛かったのでちょっと寄ってみたのだ」

「そうですか」

長兵衛は河下が目を伏せたのが気になった。何か、目論見《もくろみ》があるような気がしてならない。

「殺されたのは本所吉田町に住む夜鷹なんだ。袈裟懸けに斬られて死んでいた。亡骸を橋場に運んで埋めたのだ。殺された夜鷹は十日ほど前から姿を晦《くら》まして……」

「河下さま」

長兵衛は河下の声を制し、

「そんな話を聞いてもあっしには関わりないことで」

と、口にする。

「それはそうだ」

河下はそう言いながらも、

「長兵衛は芝木甚兵衛って小普請組の侍を知っているか」

と、きいた。

「芝木甚兵衛ですか。ええ、一度会ったことがあります」

長兵衛は『若竹家』でのことを思いだした。

「殺された夜鷹は姿を晦ます前まで、芝木甚兵衛の屋敷に呼ばれていたのだ」

そのわけを、河下は説明した。

「呆れたもんですね」

長兵衛は吐き捨てる。

「これまでにもちょくちょく商売女を屋敷に呼び入れていたのだろう」

河下は言い、

「だが、事情をききに行ってもまともに答えない。夜鷹は夜中にひとりで帰っていった。そのあとのことはわからないと言うだけだ」

「あっさり認めるはずはありません」

長兵衛は言い、

「芝木甚兵衛が自ら死体を運んで埋めたとは思えません。運んだ者を捜し出すしかありませんね」

「そういうわけだ」

河下は頷き、

「今、死体を運んだのを目撃した者がいないか捜している。だが、もうひとり、重要な証人がいるのだ」

「それが何か」

と、続けた。

「数日前、芝木甚兵衛の屋敷で下男をしていた六助という男が屋敷から逃げだしたのだ。口入れ屋の『寺田屋』の男に、あの屋敷はいやだと言っていたそうだ」

河下は説明し、

「夜鷹殺しを見てしまったのではないか」

と、推測した。

「今、六助はどこに？」

「本所・深川を受け持っている定町廻りの葉田どのが捜している」

「そうですか」

長兵衛は安堵《あんど》して、

「うまくいけば芝木甚兵衛を捕まえられそうではありませんか。芝木甚兵衛はあちこちで悪さをしているようです。殺しの疑いで捕らえることが出来たら、町の大掃除にもなります。河下さま、どうか町の衆のためにも追及をお願いします」

と、頭を下げた。

「長兵衛」

河下が戸惑ったように呼びかけた。

「へえ、なんでしょう」

「………」

河下は次の言葉を探している。

「どうかなさったので？」

長兵衛は不思議そうに河下の顔を見た。

「いや。長兵衛のことだ。芝木甚兵衛に対してもっと怒りを爆発させるかとも思ったが」

河下が呟くように言う。

「怒りはありますが、殺しではあっしにはどうしようもありません。ここは河下さまにしか出来ないこと」

「まあ、そうだな」

河下は渋々頷く。

「また、何か進展があったら教えてくださいな」

「うむ、そうしよう」

河下は何か当てが外れたような顔をして立ち上がった。

長兵衛は外まで河下を見送った。

「親分、河下さまの用件はなんだったんですね」

吉五郎がきいた。

「昨日、橋場で夜鷹の斬殺死体が見つかった。不良御家人の芝木甚兵衛がその夜鷹を屋敷に連れ込んでいた。その夜を境に行方不明になっていたそうだ」

「河下の旦那は芝木甚兵衛を疑っているんですね」

「そうだ。それから、芝木甚兵衛の屋敷の六助という下男が奉公を続けられないと逃げだしたそうだ。わけを言わなかったが、今から考えると、殺したところを見ていたのではないかと言っていた」

「下男が？」

　吉五郎の表情が曇った。

「どうした？」

「その六助という下男、だいじょうぶでしょうか」

「口封じを心配しているのか」

　長兵衛もはっとした。

「ええ、夜鷹を殺して埋めるような男です。殺しの現場を見られたとわかったら……」

　吉五郎が厳しい顔をする。

「ありうるな。本所・深川を縄張りにしている定町廻りが六助を探しているそうだ。だが、見つけられるとは思えねえ」

　長兵衛は不安になった。

「それに、見つけたとしても、六助は何も喋らないかもしれねえ」

「親分。六助を探し、うちで守ってやりましょうか」

吉五郎が口にした。

「よし。弥八《やはち》がいいな」

「へい。呼んできます」

吉五郎は手代の弥八を呼びに行った。

弥八は人足たちが寝泊まりをしている別棟にいる。

吉五郎が弥八とともにやってきた。

「お呼びで」

弥八は二十六歳、色白で女のような顔だちだ。細身で小柄な、元軽業師《かるわざし》の盗っ人だったが、役人に追われているところを長兵衛が助けてやった。それからは、『幡随院』に奉公をしている。

「頼みがあるのだ」

「へい。なんなりと」

弥八は応じる。

「その前に、あっしから事情を」

吉五郎が弥八に、芝木甚兵衛との因縁から夜鷹殺しの件、そして、六助という下男が芝木の屋敷から逃げだしたことを話した。

弥八は真剣な眼差《まなざ》しで聞いている。

「定町廻りが六助を探しているが、探し出せるか疑問だ。殺しを見ていたとしたら、口封じされる恐れもある。そこで、おまえさんに六助を探し出して『幡随院』に来るように説き伏せてもらいたい」

「わかりました」

弥八は意気込む。

「六助は佐賀町にある『寺田屋』の世話で、芝木甚兵衛の屋敷の下男になったようだ。『寺田屋』できけば、六助のことがわかるかもしれないが、『幡随院』の者だとわかると教えてくれないかもしれない」

「任してください。女に化けて、『寺田屋』に行ってみます」

弥八は含み笑いをした。

「女に化ける?」

吉五郎は驚いたように、

「確かに、おめえは女の格好をすれば、いい女になりそうだ。だが、女の仕種《しぐさ》とか喋り方はどうなんだ?」

と、不安を口にした。

「じつは、以前は女に化けて忍び込む商家の下調べをしてました」

弥八が白状する。

「そうか、お手のものか」

長兵衛は感心した。

「じゃあ、さっそく」

弥八は立ち上がる。

「おい、女の着物はあるのか」

吉五郎がきく。

「へえ、柳行李《やなぎごうり》の底に仕舞ってあります。じゃあ、着替えてきます」

そう言い、弥八は別棟にある自分の部屋に戻っていった。

「親分、驚きましたね」

吉五郎は苦笑する。

「まったくだ」

長兵衛は面白そうに笑った。

しばらくして、あだっぽい年増《としま》が現れた。

長兵衛と吉五郎は顔を見合わせた。

「弥八か」

「はい」

「鬘《かつら》も持っていたのか」

「柳行李の中に。では、行って参ります」

弥八は妖艶に微笑んで下駄を鳴らして出ていった。

「驚いたぜ」

長兵衛は呟く。

「ええ、どこからどう見ても女ですぜ」

吉五郎は感心する。

見送ったふたりが土間に戻ろうとしたとき、

「姐さんがお帰りです」

と、勝五郎が大声で言った。

すぐに、お蝶が吾平を連れて土間に入ってきた。

「姐さん、お帰りなさい」

吉五郎が声をかける。

「あら、おまえさんも」

長兵衛がいたのを見て、

「おまえさんがわざわざ見送りに出たあの女のひとはどなた?」

「すれ違ったか」

長兵衛は笑ってきく。

「ええ、挨拶されたけど、覚えがなくて」

「お蝶、おまえのよく知っている者だ」

長兵衛はおかしさを堪《こら》えて言う。

「吾平はわかったか」

吉五郎が吾平にきいた。

「いえ、あっしにはあんな女の知り合いはいません」

「吉さん、誰だい？」

お蝶は焦《じ》れてきいた。

「姐さん、わかりませんかえ」

「わからないわ」

お蝶はかぶりを振った。

「お蝶、弥八だ」

「弥八？」

お蝶はぽかんとし、吾平は目を丸くしていた。

第二章　不良御家人

一

その日の昼過ぎ、岡っ引きの又蔵は同心の葉田誠一郎とともに佐賀町の『寺田屋』に行った。

昨日又蔵は、葉田から夜鷹のお京の死体が見つかったときいて驚いたものの、その一方でさして意外とも思っていない自分に気づいた。

そこで、お京といっしょに芝木甚兵衛の屋敷に呼ばれたふたりから話を聞こうとしたのだが、お京が殺されたことで、ふたりとも怖《お》じ気《け》づいていて、あまり喋ってくれず、話しても要領を得なかった。妓夫の男からよけいなことを言うなと口止めされているのかと思った。

今日、改めてふたりに会ったが、相変わらず口が重かった。ひょっとして、芝木甚兵衛を恐れているのかもしれない。

そこで、今度は芝木甚兵衛の屋敷で下男をしていた六助から話を聞くことにした。六助はなぜ、芝木の屋敷の奉公をいやがったのか。

佐賀町に着き、『寺田屋』に向かった。

人貸し業もやっている大きな口入れ屋だ。奥の部屋では、たくましい体つきの若い連中がごろごろしている。

土間に入ると、店座敷に帳場格子が三つ並んでいるが、幸い客は誰もいなかった。

「これは葉田の旦那に親分さん」

番頭の伊三郎《いさぶろう》が近づいてきた。顔は細く、耳が異様に大きい。眦のつり上がった目は細く、鋭い。

伊三郎は冷ややかな目を向けた。

又蔵が切り出す。

「ちょっとききてえことがある」

「小普請の芝木甚兵衛さまの屋敷に下男として世話をした六助のことだ」

「六助？」

「ああ、芝木さまの屋敷から逃げだした男だ。先日、手代の泰吉と若い者が六助に焼《やき》を入れてるところに出くわした」

そのとき、店に年増の色っぽい女がやってきた。手代が一番端の帳場格子に誘った。

女が手代に口を開く。

「武家屋敷か大店の女中の仕事がしたいのですけど」

女の声が聞こえる。

「六助がどこにいるか知りたい」

又蔵が客の女に聞こえないように声を抑えた。

「六助ですか」

伊三郎は眉根を寄せ、

「それがわからないんで」

と、打ち明けた。

「わからない?」

「へえ。泰吉にきいたほうがいいかもしれません」

女が聞き耳を立てていると思ったが、気のせいか。

「泰吉を呼んでもらおう」

又蔵は言う。

伊三郎は近くにいた若い男に泰吉を呼んでくるように命じた。

「先日はどうも」

にやつきながら、泰吉がやってきた。

「六助の居場所を知りたいそうだ」

伊三郎が泰吉に言う。

「六助ですかえ」

　泰吉は又蔵と葉田の顔を交互に見て、

「あのあと、六助は芝木さまの屋敷に戻りました。あっしがいっしょに行って詫びを入れて」

　と、切り出した。

「じゃあ、今もそこにいるのか」

　葉田がきいた。

「いえ、また逃げだしてしまったそうです」

「逃げた？　ここに逃げ込んできたのか」

　葉田が顔色を変えてきく。

「いえ、芝木さまの屋敷からどこかへ行ってしまったんです。仕方なく、別の男を下男として送り込みましたが」

　泰吉は腹立たしげだ。

「じゃあ、六助が今どこにいるのかわからぬのか」

「へえ。わかりません」

　泰吉は平然と答える。

「六助がいなくなったというのを誰からきいた？」

「芝木さまです」

「何と言ってきた？」

「六助がいつの間にか屋敷を抜け出して、そのまま帰ってこなかった。だから、代わりの下男を寄越《よこ》せと」

「六助はなぜ、そんなにあの屋敷をいやがったんだ。そのわけをきいたか」

葉田はきいた。

「いえ。いくらきいても言おうとしませんでした」

「しかし、おまえは六助に、『寺田屋』の得意先のことをべらべら喋るんじゃねえと怒鳴っていたな」

又蔵が口をはさむ。

「それは無関係なひとたちに対してですよ。あっしたちにはほんとうのことを喋ってもらわなければ」

「俺たちは無関係だと言うのか」

葉田が語気を荒らげる。

「滅相もない。そういうわけじゃありません」

泰吉があわてる。

「旦那」

伊三郎が呼びかけた。

「六助は下男の仕事に辛抱出来なかったんですよ。うちで世話をした者が勝手に逃げだしてしまった。こいつは信用に関わることです」

「じゃあ、六助を探したんだな」

葉田はきく。

「ええ、探しました。でも、見つかりませんでした」

伊三郎が答える。

「六助の請人《うけにん》は誰だ？」

「冬木町《ふゆきちょう》の月見《つきみ》長屋の大家です」

伊三郎が答える。

「そこに六助は顔を出したのか」

「いえ。行っていません」

泰吉が答える。

「請人にも何も言わずに姿を消したのか」

又蔵がきく。

「じつは、月見長屋の大家はうちで頼んで請人になってもらっただけなんです。ですから、六助とつながりはありません」

「なんだと、形だけか」

「はい。六助は相模《さがみ》から江戸に出てきたばかりで、誰も知り合いはいませんから」

「いつ、江戸に来たのだ？」

「二カ月前です」

「最初から芝木さまの屋敷で下男をしていたのか」

「そうです」

「では、六助には江戸で頼る者はいないのだな」

葉田は厳しい顔になった。

「いないはずです」

泰吉は答えてから、

「旦那、いったい、どうして六助を捜しているんですかえ」

と、きいた。

「芝木さまが自分の屋敷に夜鷹を連れ込んでいたのを知っているか」

又蔵が口にする。

「……いえ」

泰吉が答えるまで一瞬の間《ま》があった。

「番頭さんは？」

「いえ、知りません。その夜鷹がどうかしたんですか」

伊三郎は厳しい顔できく。

「夜鷹が三人、芝木さまの屋敷に呼ばれたが、そのうちのひとりが行方不明になっていた。ところが、昨日、橋場で死体で発見された」

又蔵が説明する。

「そのことが、どうして六助と関わりが？」

伊三郎がきく。

「六助が芝木どのの屋敷をいやがった理由だ」

葉田が語気を強め、

「六助は見てはならぬものを見てしまったかもしれぬのだ」

「…………」

「泰吉、おまえは六助を芝木どのの屋敷に戻したと言ったな」

「あのとき、六助はいやがっていたはずだ。説得して屋敷に戻したのか。それとも、強引に連れていったのか」

葉田は続ける。

「六助は納得して、自分から戻ったんです」

「なぜ、いやがるのに戻したのだ？」

「わがままを聞いてはいられませんから」

「芝木どのから捕まえて連れてこいと言われたからではないのか」

葉田は鋭く言う。

「違いますぜ。約束の一年はちゃんと奉公しろと強く言ったら、わかってくれたんです」

「戻ってどのくらいで六助はいなくなったのだ？」

「二、三日してからです」

「何があったと思う？」

葉田はなおもきいた。

「ですから、隙を見て逃げだしたのでしょう」

「ほんとうに逃げだしたと思うか」

葉田は泰吉の顔を睨み付ける。

泰吉はさりげなく目を逸《そ》らし、

「最初から逃げるつもりで屋敷に戻ったんでしょう。納得したと思ったのは、こっちの間違いでした」

と、答える。

「六助を屋敷に連れ戻したとき、芝木どのは何と言っていた」

葉田は確かめる。

「特には」

「屋敷の奉公がいやだと言って逃げだした六助を、芝木どのは温かく迎えたというのか。そんなことあるまい、何が気に入らないのだと問い詰めなかったか」

葉田は食い下がるようにきく。

「いえ、そんな様子はありませんでした」

「旦那、親分さん」

伊三郎が呼びかけ、

「まさか、芝木さまが夜鷹を殺して、それを六助が見ていたとお考えで？」

と、窺うように又蔵と葉田の顔を交互に見た。

「証《あかし》があるわけではないが、状況からしてそう考えるのが自然だ」

又蔵は言い切る。

伊三郎と泰吉は顔を見合わせた。

が、伊三郎が厳しい顔を向け、

「旦那。お言葉を返すようですが、芝木さまが死体を橋場まで運んで埋めるなんて出来やしません」

「埋めたとは言っていない」

葉田は鋭く相手の顔を見つめる。

「行方不明になっていた夜鷹の死体が今になってようやく見つかったのでしたら、どこかに埋められていたからでしょう。そうじゃなければ、いくら橋場でもすぐ見つかってしまうんじゃありませんか」

伊三郎は言い訳をする。

「だとしたら、どうして芝木どのではないと言えるのだ？」

「芝木さまのお屋敷には奉公人は下男と女中しかいません。芝木さまが自ら死体を運んで埋めるとは考えられません」

「芝木どのには子分のような侍がふたりいる」

「それでもお侍さんが死体を運んだとは想像出来ません。それに」

伊三郎は調子に乗って続ける。

「芝木さまが斬ったとしたら、死体は屋敷の庭のどこかに埋めるんじゃないですか」

「庭に埋める……」

葉田は呟いた。

又蔵もはっとした。

「旦那、ひょっとして六助は？」

「庭か……」

葉田も呟く。

「旦那、まさか」

伊三郎が戸惑ったように言う。

「いや。あくまでも仮定の話だ。本気にするな。小普請の侍の屋敷はそんなに広いわけではない。庭に死体なんか埋まっていたら、落ち着いて暮らせるわけがない」

葉田は否定し、

「夜鷹の件も、おまえが言うように芝木どのたちだけでは始末出来ぬ。おそらく、六助が芝木どのの屋敷の奉公を嫌ったのは他に理由があるのだろう。六助からその理由をきければ、芝木どのへの妙な疑いも晴れる」

と、付け加えた。

「どうも気が進まないわ」

女の声が聞こえた。

「また、出直します」

女が踵を返し、戸口に向かった。

泰吉は横目で女が出ていくのを見ていた。

「もし、六助の行方がわかったら教えてもらいたい」

葉田はそう言い、又蔵に目顔で知らせた。

「邪魔したな」

又蔵も声をかけ、引き上げかけた。

が、葉田は向こうの端の帳場格子にいる手代のところに行った。

「今の女の客だが」

葉田が切り出す。

「はい」

「はじめての客か」

「そうです」

「妙に色っぽい女だったが、どんな仕事を求めていたのだ？」

「武家屋敷、それも大身《たいしん》の旗本屋敷か大店の奉公です」

手代が答える。

「料理屋の仲居のほうが似合いそうだが」

葉田が言う。

「どうも、玉の輿《こし》に乗りたいか、側女《そばめ》か、そんなのを狙っている感じでした」

手代がにやつき、

「こっちが提示したお屋敷の殿さまはいくつだとか、奥方はどんなだとか、そんなことをきいていました。どうも気が乗らなかったのでしょう、諦めて引き上げました」

「なるほど。どうりで」

　葉田は納得したように頷いた。

『寺田屋』を出ると、又蔵は口を開いた。

「旦那、六助ですが」

「うむ。芝木甚兵衛に告げ口されるといけないから、伊三郎たちにはあのように言ったが、やはり屋敷の庭が怪しい」

「しかし、庭だとしたらやっかいですね」

「ああ、探索など出来ぬ」

「夜鷹のお京の件も、六助がいたら……」

　又蔵は悔しそうに、

「旦那。御徒目付に訴えて調べてもらうことは出来ないんですかえ」

　と、むきになって言う。

「それだけの証がない。それに、万が一、庭から何も出てこなかったら大変なことになる」

「でも、状況からしたら」

「そうだ。状況は真っ黒だ。だが、御徒目付を動かすには不十分だ」

　葉田も渋面を作った。

「じゃあ、何も出来ないってわけですか」

又蔵は抗議をするようにきいた。

「俺たちでは無理だ」

「誰かいるんですか」

又蔵は食い下がる。

「誰ですか」

「花川戸の幡随院長兵衛だ」

「幡随院長兵衛……」

今売り出し中の若き侠客の名を聞いて、又蔵は呆気《あっけ》にとられた。

二

その夜のことだ。着替えた弥八が居間に戻ってきた。長兵衛とお蝶、そして吉五郎が待っていた。

弥八は帰ってくるとまっすぐ長兵衛の前にやってきたが、どうにも女の姿だと話しづらいので着替えさせた。なにしろ、お蝶も女に化けた弥八を見て、まったく気づかなかったのだ。

「すみません。お待たせしました」

弥八が吉五郎の横に座って頭を下げる。

「いや。女の姿をしたおまえを見ていると、妙な気分になる」

長兵衛は苦笑した。

「へえ」

「ほんとうに、いい女になるんだねえ」

お蝶も感心している。

「こいつが帰ってきたら、子分連中がざわつきましてね。弥八だと言っても、誰も信じませんでした」

吉五郎も呆れたように言う。

「おまえにそんな特技があるなんて知らなかったぜ」

長兵衛が言うと、お蝶は、

「ほんとうに。でも、女に化けて悪さをするんじゃないよ」

と、釘《くぎ》を刺した。

「へえ」

弥八は頭を下げた。

「で、どうだったんだ？」

長兵衛は改めてきいた。

「ちょうど『寺田屋』に行ったら、一足先に、同心と岡っ引きが入っていきました。あっしも客のふりをして、中に入り、同心たちと『寺田屋』の奉公人とのやりとりを盗み聞きしました」

弥八は聞いた内容をつぶさに話した。

「六助はいったん芝木甚兵衛の屋敷に戻されたあとで再び姿を晦ましたということですが、同心は、六助が殺されて屋敷の庭に埋められているのではないかと疑っているようです」

「十分に考えられるな」

長兵衛はそう言ったが、

「ほんとうに逃げたということもありうる」

と、逆の可能性も口にした。

「親分。同心や岡っ引きじゃ、芝木甚兵衛の屋敷を探索することは無理でしょうね」

吉五郎が言う。

「証がないからな」

「また、河下の旦那がやってきますぜ」

「俺たちに調べさせようという魂胆か」

長兵衛は冷笑を浮かべる。

「おまえさん、引き受けるんですか」

お蝶がきいた。

「いや、当たり前には引き受けねえ。こっそりこっちで調べよう」

「どうするんです？」

「また、『亀屋』で付けで呑み食いするはずだ。そしたら、芝木甚兵衛の屋敷に乗り込む口実が出来る」

長兵衛は言い、

「それから、弥八。もう一度、女に化けてもらいたい」

と、声をかける。

「へい。今度は何を？」

「殺されたお京といっしょに芝木の屋敷に呼ばれた夜鷹に会って、事情を聞き出すのだ。ふたりは何かを恐れてあまり語りたがらないようだ。このふたりに近づいて、なんでもいいから聞き出してくれ」

「わかりやした」

弥八は頷く。

「今度はどんな女になるのだ？」

吉五郎がきいた。

「夜鷹らしい女でしょうかね」

弥八が言う。

「お京の知り合いということでいろいろ聞き出すのだ」

長兵衛は意見を出し、

「おそらく、女たちは自分の過去を隠しているはずだ。少しぐらいお京について食い違ったことを言っても、怪しまれないだろう」

と、付け加えた。

「わかりました」

弥八は弾んだ声で頷く。

「どうした、弥八。ずいぶん、うれしそうじゃねえか」

吉五郎が不思議そうにきき、

「久しぶりに女の格好をして動き回れるからか」

と、苦笑した。

「とんでもない。あっしは親分のお役に立てることがうれしいんですよ」

弥八はむきになって言う。

「まあいい。ともかく吉田町に行って、お京の知り合いだと名乗り、芝木の屋敷にいっしょに行った女を紹介してもらうのだ」

翌日の昼前、河下又十郎がやってきた。

長兵衛は客間で河下と向かい合った。

「河下さま。今日はなんですね？」

長兵衛はとぼけた。

「いや、橋場の帰りに寄ってみただけだ」

河下は何ごともないように言う。

「夜鷹殺しですね。何か進展があったんですかえ」

長兵衛はわざとらしくきく。

「うむ。九月十四日の深夜、川船が橋場の船着場に着いて数人の男が何かを運んでいたのを、近くの料理屋の板前が見ていたことがわかった。暗かったので、人相風体はわからないが、おそらく死体を運んだ連中だろうと見ている」

河下は厳しい顔で言う。

「なるほど。船ですか」

「やはり、本所から運んだのだろう」

「本所ですか」

「前に話した六助のことだが」

「六助？　誰でしたっけ？」

長兵衛は気づかぬふりをしてきいた。

「芝木甚兵衛の屋敷から逃げだした下男だ」

「ああ、六助という名でしたっけ」

長兵衛は思いだしたように言い、

「六助がどうかしたのですか」

「屋敷から逃げようとしたところ、『寺田屋』の者に見つかって、芝木の屋敷に連れ戻された。だが、また逃げだしたということだ」

「そうですか。よほど、いやだったんでしょうね。やはり、夜鷹殺しを目撃してしまったんでしょうね」

「そうだ。だが、殺しを見られたら芝木はそのままにしておくと思うか」

「口封じをするでしょうね」

「そうだ。六助は殺されているかもしれぬ」

「その前に逃げたということも考えられませんか」

長兵衛はあえて言う。

「六助は知り合いがいない。逃げる先の当てがないのだ」

河下は首を横に振り、

「六助は二カ月前に相模から江戸に出てきて、口入れ屋の『寺田屋』を訪ねて、芝木甚兵衛の屋敷を世話されたのだ。江戸に隠れる場所はない。殺されたと考えるべきだろう」

と、言い切った。

「しかし、最初、逃げたとき、六助はどこに向かおうとしていたのでしょうか」

「『寺田屋』に逃げ込もうとしたのではないか。ところが、追い返されたというわけだ」

「殺されたとしたら、死体はどこに？」

長兵衛はわざときいた。

「芝木の屋敷だろう。庭に埋められているのではないか」

「庭にですか。庭に死体を埋めておいて平気で暮らせるんですかねえ」

長兵衛は疑問を口にする。

「犯行を隠すためには仕方ないと思うだろう。だが、永久に庭に置いておくわけではない」

河下は続ける。

「適当な時期を見計らい、どこかに埋め直すつもりかもしれぬが、今はまだ屋敷の庭にあると見ていい」

「なるほど」

弥八が聞き込んできたのと同じである。

「で、これからどうするんですか。屋敷に踏み込んで死体を見つけますか」

「いや、そこまでは出来ぬ」

「どうしてですね」

長兵衛は河下の表情を窺う。

「証がない。もし、踏み込んで死体を見つけられなかったら事《こと》だ」

「では、どうするんですかえ」

「こっそり忍び込んで庭を調べるしかない」

「忍び込むんですか」

「もちろん、奉行所でそんなことは出来ない」

「でしょうね」

「だが、長兵衛」

河下がぐっと顔を突き出し、

「おぬしなら出来る」

と、口にした。

「ちょっと待ってくだせえ。もし、見つかったらどうなるんですね」

長兵衛はきく。

「見つからないようにやるのだ」

河下は平然と言う。

「夜鷹の死体が見つかった上に、六助が行方不明になっている。当然、芝木甚兵衛は奉行所が探索していると思っているでしょう。庭に死体があるとしたら、かなり警戒しているはずですぜ。そんなときに、のこのこ忍び込んだら、見つかってしまいますぜ」

「………」

「万が一、見つかったら、なんと弁明したらいいんですかえ。定町廻りの河下さまに頼まれたと……」

「だめだっ」

河下は叫ぶように言う。

「じゃあ、どうするんですね」

「見つからないようにするんだ。見つかったら、逃げるのだ」

「ようするに犠牲になれと」

「……そうではない」

河下は気まずそうな顔をした。

「河下さま。あっしは町の衆をいじめている不良御家人を退治することに、やぶさかではありません。これが、芝木甚兵衛が下手人だとわかり、捕縛するのに手が足りない、協力してくれとおっしゃるなら、いくらでも手を貸しましょう。しかし、殺しの探索は別です。これは奉行所のお役目」

長兵衛は説くように言う。

「うむ」

河下は唸《うな》った。

「お武家同士の争いに首を突っ込めないというのはわかりますが、被害に遭ったのは町の衆。相手が直参であろうが、ごろつきと変わりないではありませんか。奉行所がしっかりしてくれないと、町の平穏は守れないじゃありませんか」

「…………」

河下は押し黙った。

「智恵《ちえ》を絞って、なんとか本所の掃除をお願いしますぜ」

長兵衛は河下を励ます。

「智恵は絞っている」

河下が不敵に口元を歪めた。

「そうですか。それを聞いて安心しました」

「長兵衛、邪魔したな」

河下は腰を上げた。

「最近、ただ食いの被害はありませんかえ」

「いや、聞いていない。だからといって、やめたわけではないだろう。皆、泣き寝入りをしているのかもしれない」

「そうですか」

「芝木甚兵衛は三年前まで、ちゃんとお役についていた。御徒衆だったそうだ」

河下は立ったまま続ける。

「ところが、朋輩の妻女に懸想をし、その朋輩と喧嘩になって怪我をさせてしまい小普請入りを命じられたそうだ」

「小普請入りして、よけいに悪くなったようですね」

長兵衛も立ち上がった。

「もうお役につけないと自棄になっているのだろう。子分のようなふたり、与田鉄之進と長尾鎌太郎も同じだ。与田は勘定方の役人だったが、袖の下をもらったことが露見して、長尾は女絡みで失敗したそうだ」

「ごろつきみたいな真似をして、小普請入りの憂さを晴らしているんですね。迷惑な話だ。ところで、芝木甚兵衛に家族は？」

「離縁しているそうだ。妻女は、女にだらしがない男に愛想を尽かしたのだろう。兄弟にも見放されているようだ。他のふたりも同じようなものだ」

河下は部屋を出た。

長兵衛は戸口まで見送った。

「河下の旦那、浮かぬ顔でしたね」

吉五郎がおかしそうに言う。

「こっちを利用しようという魂胆が見え見えだ。奉行所があんなようでは本所の衆が可哀《かわい》そうだ」

長兵衛は奉行所の弱腰がなんともやりきれなかった。

三

早朝、『大代屋』の店先を小僧が掃除していた。手代が大戸を開けた。

外に出た番頭の八兵衛は、仕事場に向かう職人の姿が目についた。

長暖簾《ながのれん》が出ているのを確かめて、店に戻ろうとしたとき、八兵衛はおやっと思った。

左隣の荒物屋の戸がまだ閉まったままだ。

老夫婦がやっている店なので、どちらかの身に何かあったのかと心配していると、潜《くぐ》り戸《ど》から亭主が出てきた。

手に紙切れを持っていて、それを表戸に貼った。

八兵衛は近づいて張り紙を見た。「店仕舞い」の文字。

「ご主人、お店をやめるのですか」

八兵衛はきいた。

「ええ、もう歳ですし」

「でも、まだお元気じゃありませんか。それとも、内儀《おかみ》さんが具合でも？」

老夫婦といっても、ふたりとも五十を過ぎたぐらいだ。娘がいて、駒込《こまごめ》のほうに嫁いでいるらしい。

「いいえ、違うんです。最近は客も来なくて」

「客が来ない？」

八兵衛はどきっとした。

「ええ。ひと月ほど前から客足が減ってきて、最近ではほとんど来ません。それで、商売も続けられなくなりまして」

とうに小僧には暇《いとま》を出したという。

「これからどうなさるんです？」

「娘の近くに行こうかと」

そう言い、主人は家に入っていった。

八兵衛が店に戻ると、主人の宗五郎が出てきた。

「旦那。隣の荒物屋さん、店仕舞いだそうです」

「店仕舞い？」

「ひと月ほど前から客足が減ってきて、最近ではほとんど来なくなったそうです」

「……」

宗五郎の表情が曇った。

「旦那、うちも客足が落ちています」

「気にはなっていたが……」

宗五郎が暗い顔になる。

「不用意なことは言えませんが、芝木甚兵衛というお侍が、仕返しに何かしているのかとも思っていました。でも、荒物屋さんも客が来なくなったというのが気になります」

「常連さまはどうだ？」

宗五郎はきいた。

「それが……」

「お見えではないのか」

「たまたま間が空いているだけかもしれませんが」

「番頭さん」

手代が遠慮がちに声をかけてきた。

「なんだね」

「数軒先の下駄屋さんも店仕舞いしています。その隣のしもた屋は、今は空き家になっています」

手代が答えた。

「どういうことだ？」

八兵衛は胸騒ぎを覚えてきいた。

「わかりませんが、なんだか不思議に思って」

手代は不安そうに言う。

「空き家といえば、『豊島屋』さんの向こう隣に柄《がら》の悪い男が住みつきだしたが……」

八兵衛は思いだした。

『豊島屋』の向こう隣は小さな鼻緒屋だったが、いつの間にか店仕舞いをし、主人夫婦は引っ越していった。しばらく空き家だったが、最近になっていかつい顔の男たちが出入りをしている。

「旦那。これは何かあるんじゃないでしょうか」

八兵衛は不安になった。

「そうだな」

宗五郎も眉根を寄せ、

「『豊島屋』さんに最近変わったことがないか、きいてみてくれないか」

「わかりました。さっそく」

八兵衛は店を飛び出し、右隣の『豊島屋』に向かった。

「これは、『大代屋』さんの……」

番頭が八兵衛に声をかけてきた。

「どうも。番頭さん、ちょっとつかぬことをお伺いいたしますが」

八兵衛は切り出し、

「最近、うちには二カ所の料理屋から付けの代金の集金が……」

と、具体的に名を挙げて、

「その付けのことは一切知らないことでして、うちは実害はなかったのですが、『若竹家』さんと『亀屋』さんは代金をもらえぬまま」

「………」

「それだけでなく、最近、うちの客足が減ってきて、なぜだかわからないのです。うちの左隣の荒物屋さんも客が来なくなって、ついに店仕舞いに追い込まれたというのです」

八兵衛は声をひそめ、

「『豊島屋』さんでは何か変わったことはないかと思いまして」

「うちでは、先日、因縁をつけて金を騙し取ろうとした男が現れました。たまたま、通り掛かった花川戸の幡随院長兵衛親分に助けられましたが、他に万引きも多くなって……。それだけでなく、私どもも客が減りました」

「『豊島屋』さんも？」

「ええ。でも、そのわけはわかっているんです。隣です」

番頭は顔をしかめ、

「隣に柄の悪い連中が住みはじめ、いつも外をうろついているんです。そして、うちに入ろうとする女の客に卑猥《ひわい》な言葉をなげかけたり、男には眼《がん》をつけたり……」

と、話した。

「そうですか。どうも只事《ただごと》ではないような気がしますね」

八兵衛は暗い顔をした。

「ええ、それで私どもは又蔵親分に相談をしたんです。あとで、同心の葉田さまと来られることになっています」

「そうですか。じゃあ、そのとき、声をかけていただけませんか。私も訴えたいことがありますので」

「わかりました」

八兵衛は店に戻り、宗五郎に今聞いた話をした。

聞き終え、宗五郎は目を剝いた。

「まさか」

「旦那。まさかって、何か思い当たることが？」

八兵衛は驚いてきく。

「いつぞや寄合で、石原町の一画の土地を買い占めようとしている男がいたという話を誰かがしていた。聞き流していたが、まさかここも」

宗五郎は声を震わせ、

「住人にいやがらせをし、立ち退《の》かせようとしていたというのだ」

「その土地はどうなったんですかえ」

「わからない。しかし、立ち退かせるためにいやがらせをするというのは、ここにも当てはまる」

「そうですね」

八兵衛は頷き、

「まさか、そのような企《たくら》みが……」

と、吐き捨てる。

「まだ、そうと決まったわけではないが」

「いえ、そうに決まっています。いやがらせはうちだけではありません。鼻緒屋さんはとうに引っ越していきました。今度は荒物屋さんも店仕舞いをし、この町から出ていくんです。徐々に、この町は蝕《むしば》まれていっています」

八兵衛は憤然と言う。

「そうだな」

宗五郎は溜め息をついた。

「あとで、同心の葉田さまが『豊島屋』さんに来られるそうです。私も同席し、このことを葉田さまにご相談します」

「よし。頼んだ」

「はい」

店を開けてからこのときまで、客はひとりも来なかった。こんなことは初めてだ。

八兵衛は店の外に出た。

さらに、町木戸のほうに行ってみた。柄の悪い連中がうろうろしている。だから、客が近寄らないのだ。八兵衛は愕然《がくぜん》とした。

それから半刻(一時間)後、八兵衛は知らせを受けて、『豊島屋』に出向いた。

『豊島屋』にも客はいなかった。店座敷の上がり框に同心の葉田が座り、横に岡っ引きの又蔵が立っていた。

「旦那に親分」

八兵衛は近づいて頭を下げる。

「『大代屋』の番頭だったな」

葉田が確かめる。

「はい。八兵衛にございます」

「うむ。今、『豊島屋』の話を聞いたところだ」

葉田が座ったまま言う。

「旦那。この町の状況をどう思われますか。この町から出ていく者があとを絶ちません。いえ、いやがらせを繰り返し、追い出そうとしている輩がいるとしか思えません」

八兵衛は訴えた。

「誰が何のためにそうしているのか」

葉田がきいた。

「わかりません。それを旦那に調べていただきたいんです」

八兵衛は頼んだ。

「このままでは、『大代屋』とて、客足が途絶え、にっちもさっちもいかなくなります。どうか、何者かの魂胆を暴き、やめさせてください」

「ちょっときくが、『大代屋』の客足が落ちたのは何者かが邪魔をしているからだというのだな」

「そうです。朝のうちに、町木戸まで行ってみました。そしたら、人相のよくない連中がうろついてました。あの連中が客の邪魔をしているという証はありませんが、あんなところをうろつく理由なんてないのではありませんか」

「俺たちが来たときも、あの連中はいた」

又蔵が口をはさんだ。

「しかし、特に何をしているわけではなかった」

「いえ。たとえば、町に入って来た者のあとを黙ってつけていく。どこかの店に入ろうとしたら、あんな店やめておけと邪魔をする。そんなことをしているのでは……」

「それは考え過ぎだろう」

「でも、毎日いるとしたらおかしくはありませんか。やはり、何か企んでいると思うのがふつうでは……」

八兵衛は懸命に言う。死活問題なのだ。

「いちおう、明日も様子を見てみる」

「どこの者か、聞き出してください」

「よし」

葉田は大きく返事をして立ち上がった。

「そうそう、以前に石原町のほうでも同じような騒ぎがあったそうです。土地の買い占め騒ぎがあったそうじゃありませんか」

「土地の買い占め？」

又蔵がきき返したが、葉田は何も言わなかった。

「石原町のほうがどうなったか調べていただけませんか」

八兵衛はさらに訴えた。

又蔵は葉田とともに『豊島屋』を出た。

冷たい風が吹きつけてきた。

「旦那。どう思います？」

「引っ越していく者が多く、どの商家も客足が減っているというのも妙だ。まず、鼻緒屋が店仕舞いをしたあとに引っ越してきた、いかつい顔の男たちのことを調べてみるか」

葉田はそう言い、鼻緒屋があった家に向かった。

又蔵が戸を開け、

「ごめんよ」

と、奥に向かって呼びかけた。

奥から三十ぐらいのいかつい顔の男が出てきた。えらが張り、顎に黒子《ほくろ》がある。

「おまえさん、ここの亭主か」

又蔵がきいた。

「へえ、そうですが」

「名は?」

「伊平《いへい》です」

「他に誰が住んでいるんだ?」

「あっしの仲間が三人です」

伊平は葉田と又蔵を交互に見て、

「何か、お調べですかえ」

と、きいた。

「おまえさんたちはどんな関係なんだ?」

「あっしらは皆で商売をはじめようとしているんです」

「ほう、商売か」

又蔵は鋭い目を相手に向け、

「何をするんだ?」

と、きく。

「道具屋でも開こうかと」

「町木戸の近くに、数人の男がたむろしていたが、あの連中はおまえたちの仲間か」

「ええ、そうです」

「なぜ、あんなところにいる?」

「さあ、ここに顔を出す前に暇を潰しているんじゃありませんか」

伊平はとぼける。

それまで黙っていた葉田がきいた。

「おめえの背後に誰がいるのだ?」

「誰もおりませんよ」

「では、この家の家賃は誰が払っているんだ?」

「あっしです」

「道具屋を開く元手もおまえが?」

「そうです」

「品物を仕入れたりするのに、かなり金もいるだろう」

葉田は迫る。

「へえ、そのくらいは」

伊平が俯く。

「ここに来る前まで、どこにいたのだ？」

「へえ……」

「どこだ？」

　葉田は強く言う。

「ある旗本屋敷で中間をしていました」

「中間？　じゃあ、仲間の三人も同じじか」

「そうです。中間奉公に嫌気がさしてきたところでして」

　伊平は口元を歪めた。

「中間で、店を出す元手が貯《た》まるのか」

　又蔵が口をはさむ。

「じつは手慰みで大きく勝って。それが中間から足を洗うきっかけでして」

「その旗本屋敷の名を教えてもらおうか」

　又蔵が迫る。

「それはご勘弁を。迷惑がかかるといけませんので」

「迷惑だと？　辞めたところでも迷惑がかかるのがいやか」

「ええ、まあ」

「町木戸の前にいる連中も中間だったのか」

又蔵がきく。

「いえ、賭場で知り合った連中です。あっしの商売を応援してくれています」

「なぜ、応援をするのだ？　賭場で知り合っただけなのに？」

葉田が疑問を投げかける。

「勝ったときは気前よく振る舞ってますからね」

伊平は平然と言う。

「そうか。ところで、隣の『豊島屋』に、因縁をつけて金を騙し取ろうとした男が来たそうだ。知っている男ではないのか」

「さあ、なんのことかわかりません」

伊平はとぼけた。

「おまえの仲間ではないのだな」

「ええ。違います」

「ところで、道具屋のことだが」

と、葉田が切り出す。

「ほんとうに、店をやるのだな」

「へえ、そのつもりです」

「そのつもり？」

葉田はきき返し、

「ほんとうにやるのではないのか」

と、問い詰めた。

「やりますぜ」

「おまえは元中間だと言っていたな。商売は素人ではないのか。誰か指南してくれる者はいるのか」

「へえ。知り合いの道具屋に教えを乞いに行ってます」

「どこの、なんという道具屋だ？」

「旦那。勘弁してくださいよ。迷惑がかかってもいけねえ」

伊平は顔をしかめた。

「また迷惑だと？　何が迷惑なのだ？」

「もし、うまく店が立ち上がらなかったら……」

「そんな心配があるのか」

「なにしろ素人なもんで」

「そうか。わかった」

葉田はそれ以上、追及しなかった。

「ほかに何かあるか」

葉田は又蔵にきいた。

「いえ」

又蔵は葉田の腹の内を察して首を横に振った。

「じゃあ、行くか」

「へい」

「ちゃんと店を出せるように頑張ることだ」

葉田は伊平に言い、外に出た。

「旦那、どこかおかしいですね」

又蔵は後ろを振り向いて言う。

戸口で、伊平が見送っていた。

「道具屋なんて嘘っぱちだ。店を出す気なんてない。教えを受けている道具屋なんてないだろう。それに、中間をしていた旗本屋敷も教えようとしない」

葉田は憤然とする。

「では、何の狙いで住みついているんでしょうか」

「いやがらせか。いや、そんなもんじゃねえな。やはり、土地の買い占めが行われているのか」

葉田が呟く。

「旦那、石原町のほうにそんな騒ぎがあったんですかえ」

又蔵はきいた。

「ある男が石原町の一画の家を一軒一軒まわり、この土地から出ていく気はあるかときいていたらしい」

「で、どうなったんですかえ」

「いつの間にか、その話は消えたそうだ。だが、完全になくなったのかは知らない」

「ひょっとして、最初は石原町の土地を買い占めようとしたけど、回向院裏のほうがいいということになって……」

「考えられるな」

「石原町のほうは、男が一軒一軒まわっていたんですね。もしかしたら、同じ男が伊平たちの背後にいるのでは」

「その男のことを調べてみるか」

「へえ。何だか伊平たちはいやに堂々としていやがる。背後にいる男の存在があるからじゃないですかえ」

又蔵はふいに身震いをした。

「どうした？」

「伊平たちは単なる下っ端《したっぱ》でしかありません。背後に控えている黒幕が無気味ですぜ。

それが、芝木甚兵衛ともつながっているとしたら」

「うむ。こいつは俺たちだけで太刀打ち出来ることではないかもしれぬな」

葉田も厳しい顔で言う。

又蔵はあとの言葉を失っていた。

四

その日の夜遅く、襖の向こうから、

「親分」

と、吉五郎の声がした。

「弥八が帰ってきました」

「おう、帰ってきたか。入れ」

長兵衛は声を返す。

「へい」

襖が開いて、吉五郎と弥八が入ってきた。弥八は男の格好に戻っている。

「ふたりの夜鷹から話を聞くことが出来ました」

弥八は報告する。

「ごくろう。よく会えたな」

「ええ、お京の知り合いだと言ったら、すんなり出てきてくれました。ふたりとも、お京が殺されたことでかなり落ち込んでいたようです。ですので、素直に話してくれました」

「そうか。では、聞かせてくれ」

長兵衛は促した。

「お京たち三人が芝木甚兵衛の屋敷に呼ばれたのは三度だそうです。芝木甚兵衛から直接声をかけられたのではなく、妓夫から三人で芝木の屋敷に行くように言われたということです」

「芝木甚兵衛が妓夫に、夜鷹の三人を屋敷に寄越すように頼んだということか」

長兵衛は確かめる。

「そのようです。で、芝木甚兵衛の相手がお京で、他のふたりはそれぞれ与田鉄之進と長尾鎌太郎につき、それは三度とも変わらなかったということです。でも、お京は芝木甚兵衛をいやがっていたそうです」

弥八は身を乗り出し、

「お京がふたりに語った理由《わけ》は、芝木甚兵衛には妙な性癖があるということで……」

と、話した。

お京を裸にして縄で縛り上げて身動き出来ない状態にして犯したり、首を絞めて気絶しそうになったところで犯すとか、ともかく異様だったと。

「まともじゃねえな」

長兵衛は不快そうに顔をしかめた。

「最後の夜、ふたりが引き上げようとしたが、お京がなかなか現れないので芝木に確かめたら、今疲れて休んでいると。先に帰るようにお京が言っていると、芝木から聞かされたそうです」

「親分、そのとき、すでにお京は殺されていたのかもしれませんね。芝木の異様な要求を拒んで怒りを買って……」

吉五郎が口をはさんだ。

「ふたりが言うには、お京は異様な要求を受け入れる代わりに割り増しの金を要求したのではないかと」

「割り増し？」

吉五郎がきく。

「三度目に芝木の屋敷に行くとき、また変なことをさせられるんだったら、割り増しの金を要求すると言っていたそうです」

「なるほど。その金のことで、芝木はかっとなって刀を抜いたか」

吉五郎は合点したように頷く。

「斬ったのは部屋の中だとしたら、中間の六助はその現場を見たわけではなさそうだ。死体を運び出すのを見たということか」

長兵衛は推しはかり、

「六助がいたら、どのような連中が死体を運んだのかわかるのだが」

と、残念そうに言う。

「そのふたりは、お京は芝木甚兵衛に殺されたと思っているんだな」

吉五郎がきく。

「最初は芝木甚兵衛が言うように逃げたと考えていたそうですが、死体が見つかって、三度目の訪問のときに殺されたのだと思いはじめたようです」

「もはや、お京を殺したのは芝木甚兵衛に間違いありませんね。問題は六助です。殺されて庭に埋められているのか。それともどこかに逃げたのか」

吉五郎が首をひねる。

「親分」

弥八が身を乗り出し、

「芝木の屋敷に忍び込んでみましょうか」

と、口にした。

「万が一、見つかったら……」

「逃げきれる自信はあります」

弥八が言う。

「六助の死体が見つかればいいが、もし、なかった場合……」

吉五郎が思案顔になる。

「庭以外に埋めたことも考えられるが」

長兵衛は言い、

「どうするかはしばらく考えてみよう」

「わかりました。では、これで」

吉五郎が腰を上げる。

「弥八、ごくろうだった。ゆっくり休め」

長兵衛はもう一度、弥八をいたわった。

「へい。ありがとうございます」

弥八は頭を下げて立ち上がった。

「吉五郎もごくろうだった」

長兵衛は吉五郎にも声をかけた。

ふたりが出ていくと、

「芝木甚兵衛の仕業に間違いないと思っても、河下さまは手出しが出来ないんですね」

と、お蝶が言う。

「ああ、肝心の証がないのでな。だから、俺に何かをさせようとしているのだ。俺になら非合法な真似をさせてもいいと思っているようだ」

長兵衛は苦笑し、

「河下さまの言いなりにはならねえが、夜鷹のお京の無念は晴らしてやるつもりだ」

と、膝に置いた拳を握りしめた。


翌早朝、襖の外で勝五郎の声がした。

「親分。本所の『若竹家』のご主人がやってきています」

「『若竹家』だと。よし」

長兵衛は土間に行った。

「親分さん」

小柄な主人がすがり付くように、

「昨夜、またあの御家人がやってきました。今度は五人で呑んで食ったあげく、代金を『大代屋』からもらえと。話は通じているはずだからと、前回と同じことを言ってました」

主人は息を継ぎ、

「さらに、『大代屋』が払わなければ、俺たちが『大代屋』に話をつけに行く。今からでもいい、いっしょに行こうと言いだしまして」

「で、どうした？」

「いっしょに行ったら、『大代屋』さんに因縁をふっかけて暴れるんじゃないかと思ったので、私どもであとからもらいに行きますと言うしかありませんでした」

「それで、芝木甚兵衛はそのまま引き上げたのか」

「もし『大代屋』が払わなければ、俺たちが取り立てに行くからと言い残して……」

「結局、ただ食いされたわけか」

「はい。五人分です」

主人は口惜しそうに言う。

「わかった。俺が掛け合いに行ってこよう」

「告げ口したとして、あとで仕返しに来るかもしれません。そしたら、どうしたらいいんでしょうか」

「そんなことはさせぬ」

そう言ったあとで、長兵衛はあることに気づいた。

やはり、芝木甚兵衛の狙いは『大代屋』なのだ。

「俺はこれから芝木の屋敷に行ってくる。『若竹家』さんはもう一度、『大代屋』さんに行き、芝木甚兵衛たちがやってきたときのことや、そのあとで俺に相談したことを話してもらいたい」

「わかりました。このあと、さっそく『大代屋』さんに行ってみます」

「頼みましたよ」

『若竹家』の主人が引き上げると、

「親分、あっしもごいっしょします」

と、吉五郎が言った。

「そうしてもらおう。それから、弥八」

「へい」

「俺たちが芝木甚兵衛の気を引いている間、庭に忍び込んでくれ。土を掘り返したあとがあるかどうか調べるんだ」

「わかりました」

長兵衛は外出の支度をした。

長兵衛、吉五郎、弥八の三人はお蝶に切り火をしてもらい、吾平や勝五郎にあとのことを頼んで『幡随院』を出た。

半刻あまりのち、本所南割下水にある芝木甚兵衛の屋敷をようやく探り当て、木戸門をくぐった。

玄関に入り、

「お頼み申します」

と、吉五郎が呼びかけた。

顎の長い侍が出てきた。

長兵衛の顔を見て、あっと声を上げた。

「覚えていなすったようで。花川戸の幡随院長兵衛です。お侍さんは与田さまでしたね」

長兵衛は言い、

「芝木さまにお話があって参りました」

と、申し入れた。

「何の用だ？」

与田は強い口調で言う。

「ちょっと、『若竹家』のことで。どうぞ、芝木さまをお呼びくださいませんか」

「待て、きいてくる」

与田は奥に行った。

狭い屋敷だ。当然、聞こえているはずだ。

ようやく、芝木甚兵衛が現れた。与田も小肥りの長尾もついてきた。三人とも刀を手にしていた。

「何用だ？」

「『若竹家』での勘定を頂きに参りました」

「なんのことだ」

芝木がとぼける。

「昨夜、五人でさんざん呑んで食ったそうではありませんか」

吉五郎が目配せをして玄関を出た。

吉五郎は何食わぬ顔で玄関前に立っている。弥八が門を入ってきて庭に向かったのだと長兵衛は察し、

「五人というのはここにおられるお三方と、ほかにふたり。どなたですか」

と、きいた。

「おまえには関係ない」

芝木が言う。

「確かに関係ありませんが、でも五人分の付けを『大代屋』にまわしたのです。これは捨ておけません。五人で呑み食いしたことは間違いないのですね」

「………」

「いかがですか」

長兵衛は詰め寄った。

「おまえたちは何をしに来たのだ？」

芝木は額に青筋を立てている。

「前回、仕返しは『若竹家』ではなく、この幡随院長兵衛にするようにお願いしたはずですが」

「仕返しに行ったわけではない」

芝木は顔を歪めた。

「しかし、また金を払わなかったではありませんか」

「金は『大代屋』が払うことになっている」

「なぜ、芝木さまのために『大代屋』がそこまでするんですかえ」

長兵衛は問い詰めるようにきく。

「そんなことをおまえに話す必要はない。俺と『大代屋』との問題だ」

芝木は憤然とし、

「これ以上、話すことはない。帰れっ」

と、叫ぶ。

「芝木さま。あっしも子どもの使いじゃありません。五人分の代金を受け取って帰らないとあっしの面目にかかわります」

長兵衛が厳しい口調で詰め寄り、

「芝木さまと話し合っても埒が明きそうにないなら、組頭さまにお話を持ち込みます」

と、脅した。

「待てっ」

芝木甚兵衛は叫ぶように言う。

「『大代屋』が払うことになっているのだ。『若竹家』には『大代屋』から勘定を届けさせる」

「しかし、『大代屋』は芝木さまの話を否定していますぜ」

「俺が行って話をつける」

「どうつけるって言うんですかえ。まさか、『大代屋』に行って暴れまわるつもりじゃないでしょうね」

「忘れていることを思いださせるだけだ」

芝木は身勝手に言う。

「そうですか。そのとき、あっしもいっしょに話を聞きましょう」

「おまえは関係ない」

「いえ、私は『大代屋』から頼まれているので。よいですか、あっしのいないときに『大代屋』に行ってはいけませんぜ。話はいっしょにお聞きします」

長兵衛は言い返す。

芝木から返事はない。

「芝木さまは『大代屋』に何か遺恨でもおありなのですか」

長兵衛は改まってきく。

「ふざけるな。これ以上、話す必要はない。引き上げぬと、助っ人を呼んで追い返す。よいか」

芝木が長尾に目顔で何かを合図した。

長尾が玄関を出ていこうとした。

「待て」

長兵衛は引き止め、

「最後にひとつだけききたい」

と、芝木の顔を見つめて口にした。

「お京という夜鷹が斬り殺されて橋場で見つかった。お京と最後までいっしょだったのは芝木さまだそうですね」

「帰れっ」

芝木が叫んだ。

「親分」

背後で声がかかった。

顔を向けると、吉五郎が目配せした。

長兵衛は頷いた。弥八が調べを済ませたのだ。

「わかりました。引き上げましょう」

長兵衛は芝木甚兵衛たちに頭を下げて屋敷を出た。

御竹蔵沿いに出たとき、弥八が追いついてきた。

「どうだった？」

長兵衛は逸《はや》る気持ちを抑えてきいた。

「見つかりませんでした」

「そうか」

「植込みの中や建物の床下も調べましたが、土を掘り起こした形跡はありません」

「死体はなかったか」

長兵衛は思案顔になった。

六助は生きているのか。それとも、お京のようにどこかに運ばれて埋められたか。それにしても、芝木甚兵衛の『大代屋』への執着は異常だ。何か裏にある。

五

途中で弥八と別れ、長兵衛と吉五郎は回向院裏の松坂町にやってきた。

通りに、遊び人ふうの男が数人うろついている。長兵衛が目を向けると、男たちは遠ざかっていった。

『大代屋』に足を向ける。気のせいか、通りにひとの行き来が少ない。

『大代屋』の前に立ち、長兵衛と吉五郎は土間に入った。店座敷には客がふたりいるだけで、なんとなく活気が感じられなかった。

番頭の八兵衛が深刻そうな顔で近寄ってきた。

「これは長兵衛親分」

八兵衛は声をかけ、

「最前、『若竹家』のご主人がいらっしゃいました。芝木甚兵衛さまがまたうちに付けを」

と、訴えた。

「そのことだが、芝木甚兵衛はそのことで『大代屋』に難癖をつけて暴れまわるつもりのようだ」

長兵衛は言う。

「暴れまわる？」

八兵衛は目を剝いた。

「どうやら、芝木甚兵衛の狙いは『大代屋』のようだ。何か心当たりはありませんか」

「はい」

八兵衛は表情を曇らせ、

「店の中をご覧ください」

と、言う。

店座敷にいた客のひとりは引き上げ、今は客がひとりだけだった。

「客が少ないようだが」

長兵衛は訝ってきいた。

「はい。最近、いっきに客足が減りました」

「何があったのです？」

「わかりません。ただ、柄の悪い連中がうろついていて、客が来づらくなっているのかと思っています」

「今も通りに数人の男がいたが、あそこで何をしているのです？」

長兵衛はきいた。

「じつはこの並びの店がいくつか店仕舞いをし、この町内から離れていったんです」

八兵衛が怒りを含んだ口調で、

「何者かが、立退きを迫っているのではないかと。この辺りの土地を買い占めているように思えるのです」

「立退き？」

「はい。気がつくと、残っているのは『大代屋』と隣の『豊島屋』さんほか数軒。あとは店仕舞いをしてこの土地を去っています」

「なるほど。ここから出ていくように、客足を遠退《とおの》かせて店を傾かせる。そのためのいやがらせか」

長兵衛は唸った。

「『豊島屋』さんの向こう隣の鼻緒屋が引っ越したあとに、柄の悪い連中が住みついています。通りをうろついている男は仲間のようです」

「あの連中が立ち退くように悪さをしているというわけか」

「はい。このことは八丁堀の葉田さまや又蔵親分もご承知です。背後に誰がいるか調べてくださってます」

八兵衛が答える。

「親分。その柄の悪い連中と芝木甚兵衛は同じ仲間ということでしょうね」

吉五郎が厳しい顔で言う。

「うむ。だんだん見えてきたな」

長兵衛は目を細めて、

「芝木甚兵衛は『大代屋』が呑み食いの付けを払うと約束したと言い張り、ここに乗り込んで暴れまわるつもりだったようだ。それで、ますます客が恐れをなして寄りつかなくなる。それが狙いだ」

と、八兵衛に言う。

「これからどうしたらいいんでしょうか」

「芝木甚兵衛については俺たちが相手をする。しかし、客を追い返している連中のことは同心の旦那に任せるしかないな。相手が御家人でなければ、ちゃんと動くだろう」

長兵衛は皮肉を込めて言う。

「ですが、芝木さまも仲間だとしたら……」

「いや、ごろつき連中なら強く出られるはずだ。そのことは同心を頼りにしていい」

長兵衛は安心させるように言い、

「現れないと思うが、もしも芝木甚兵衛が現れたら、付けの件は幡随院長兵衛に一切を任せてあるからと言いなせえ」

と言い、『大代屋』を出た。

「どうしますね。柄の悪い連中に挨拶していきますかえ」

吉五郎が言う。

「そうしよう」

長兵衛が応じる。

ふたりは『豊島屋』の前を素通りして、鼻緒屋があった家に向かった。

戸が開いていて、土間に数人の男がたむろしていた。

「ごめんよ」

吉五郎が声をかける。

男たちが一斉に顔を向けた。

「なんだ、おまえさんたちは？」

三十ぐらいのいかつい顔の男が前に出てきた。

「おまえさんか。ここの亭主は」

吉五郎がきく。

「そうだ。おめえたちはなんだ？」

「花川戸の幡随院長兵衛だ」

長兵衛が一歩前に出て名乗る。

「俺は番頭の吉五郎だ。おまえさんの名は？」

「伊平だ」

「最近、越してきたらしいが、ここで何をしている？」

「そんなこと、話す謂《いわ》れはない」

伊平は口元を歪めた。

「そうかえ。通りをうろついている連中はおまえさんの仲間か」

「そうだ」

「なんで、ああやってうろついている？　まるで、『大代屋』や『豊島屋』に向かう客を脅して追い払おうとしているように思えるが」

長兵衛は伊平の目を覗き込む。

凶暴な目をした男だ。

「いやがらせに来たのか」

伊平が鋭い声を出した。

「いやがらせはおまえさんたちのほうだろうよ」

「なんだとっ」

他の連中も気色ばんだ。

「おまえさんたちはどこの者だ？」

長兵衛は他の男たちに顔を向けた。

ふと、伊平のえらの張った顔に目を留めた。顎に黒子、どこかで見かけたことがある。

「俺たちは、これまで旗本屋敷で中間をしていたものだ。今度、ここで道具屋をやるために集まった。それだけだ」

伊平は冷笑を浮かべた。

「ほう、道具屋か」

長兵衛は辺りを見回し、

「それらしい様子はないが、いつ開店だ？」

「そのうちだ」

「そのうち？」

長兵衛は苦笑し、

「開店したら贔屓にしよう。そうそう、さっそくだが、うちにいらないものがある。引き取ってもらえるか」

と、話を合わせた。

「開店してからの話だ」

伊平は突慳貪《つっけんどん》に言う。

「商売に一番大事なのは愛想だ。いくら道具屋でも、ぶすっとしていちゃ客が寄りつかないぜ」

吉五郎は言い、

「もっとも、寄りつかなくてもいいなら別だが」

「やい、何しに来やがったんだ？」

男たちが一斉に立ち上がった。

「何をそんなにいきり立っている」

長兵衛は相手の顔を順番に見つめ、

「小普請組の芝木甚兵衛という御家人は、おまえさんたちの仲間かえ」

と、きいた。

「……………」

「どうなんだ？」

「知らねえな」

伊平は顔を横に向けた。

「まあいい。いずれ、わかることだ。ところで」

長兵衛は伊平に目を向けた。

「なんでえ」

「おまえさん、『寺田屋』を知っているか？」

「なんで、そんなことをきくんだ？」

男は睨み付けてきた。

「どこかで見かけたことがあるような気がしたんでね」

「ひと違いだ」

「『寺田屋』を知らないか」

「知らねえ」

伊平は吐き捨てる。

「そうか。仕方ない。邪魔したな」

長兵衛は土間を出た。

「道具屋をやるなんて嘘っぱちですね」

吉五郎が言う。

「ああ、『大代屋』や『豊島屋』を立ち退かせるために遣わされた連中だ。あの伊平という男、確か、『寺田屋』の者だ。いつだったか、普請工事の件で『寺田屋』に挨拶に行ったとき、あの顔を見かけた。人足だ」

「じゃあ、みな『寺田屋』の息のかかった者ですかね。でも、『寺田屋』が立退きを図るとは思えないのですが」

「うむ。『寺田屋』は手下を貸しているだけだろうが、裏の事情を承知で貸しているんだろう。黒幕に手を貸しているのと同じだ」

ふたりは大川沿いの道を通り、吾妻橋を渡った。

渡り切ってから、吉五郎に田原町《たわらまち》の自身番に行かせた。河下への伝言を頼むためだ。

長兵衛は一足先に『幡随院』に戻った。

翌日の昼頃、河下又十郎がやってきた。

長兵衛の向かいに腰を下ろすなり、

「話があるそうだな」

と、河下はさっそくきいてきた。

「ええ。いちおう、河下さまにお知らせしておこうと思いましてね」

長兵衛はおもむろに言い、

「その前に、夜鷹のお京殺しと六助のことで何か進展がありましたかえ」

と、きいた。

「船の動きがつかめた」

河下は口調を強めて、

「石原町の近くにある辻番屋の番人が大川に繰り出していく船を見たそうだ。こんな夜更けにどこに行くのかと気になった。ちょうど月が雲間から顔を出し、船を漕《こ》いでいた男を照らした。顔は見えなかったが、肩が大きく盛り上がっていたそうだ。船には船頭を入れて三人乗っていた。それから、吾妻橋をくぐって行ったのを見たという男も見つかった。橋場に着いた船に違いない。ただ……」

と、急に声の調子を落とした。

「そこまでだ。どこの船か、誰が乗っていたのかはわからない」

「そうですか。でも、そこまでわかれば上等ですぜ」

長兵衛は讃《たた》えた。

「しかし、その先が見えない」

「悲観したものでもありませんぜ」

長兵衛は微笑む。

「どういうことだ？」

「じつは、昨日、芝木甚兵衛の屋敷を訪ねました」

長兵衛はその経緯を語り、

「『大代屋』に付けをまわした件で訪ねたのですが、そのついでに弥八に庭を探らせました」

と、打ち明けた。

「なんだと」

河下は思わず腰を浮かせた。

「で、どうだったのだ？」

「庭に土を掘り返した形跡はなかったということです」

「………」

「つまり、六助の死体は芝木甚兵衛の屋敷の庭になかったのです」

「間違いないか」

「間違いありません」

長兵衛は言い切った。

「だからといって、六助が生きているというわけではありません。お京のように船で運ばれ、どこぞに埋められていることも考えられます」

「うむ」

「その場合、お京の亡骸を運んだのと同じ船が使われたと考えるべきでしょう。そして、運んだ者も同じ」

「そうだな」

「その船の在《あ》り処《か》を探し、運んだ者たちを見つけ出すことが出来れば……」

「だから、それが難しいのだ」

河下はいらだったように言う。

「河下さま。松坂町の一画ですでに何軒か立ち退き、鼻緒屋があったあとに柄の悪い連中が住みついていますね。土地の買い占めの疑いがあると」

長兵衛は切り出した。

「そのようだ。葉田どのの話では、柄の悪い連中は住人を追い出すために遣わされた者たちだろうということだ」

「背後にいる人物については？」

「まだ、つかめていないようだ」

河下は答えて、

「長兵衛、おぬしさっき意味ありげなことを言っていたな。船の件だ。そう悲観したものでもないと。どういう意味だ」

河下は迫った。

「鼻緒屋のあとに住みついた柄の悪い連中ですが、中にえらの張った顔の男がいたんですよ」

「えらの張った顔？」

「ええ、伊平と名乗っていて顎に黒子がありました」

「その男がどうした？」

「その男、『寺田屋』にいましたぜ」

「『寺田屋』だと？」

「そうです。おそらく、他の連中も『寺田屋』から送り込まれているのかもしれませんぜ」

「『寺田屋』は人足の手配ではないのか」

「人足の中にはいろんな奴がいますからね。『寺田屋』はあの土地を欲している人物にひとを手配しているんじゃないですかね。そいつが背後で糸を引いているんです」

長兵衛は想像を口にし、

「おそらく、芝木甚兵衛も同じ人物に操られているんじゃないかと思いますぜ」

と、付け加えた。

「芝木甚兵衛か」

河下は難しい顔をした。

「つまり、芝木甚兵衛も『寺田屋』とつながっているってことです。第一、六助は『寺田屋』の世話ですぜ」

「お京の死体を運んだのも『寺田屋』だと？」

河下は察してきいた。

「そうではないかと。『寺田屋』を調べる価値はありますぜ。抱えている人足の中には漁師町から来た男もいるかもしれません。そいつだったら船は漕げましょう。それに、船はどこかにもやってあったのを勝手に使ったのではないですかえ」

「そうか。よし、『寺田屋』を探ってみよう」

「慎重にしたほうがいいですぜ。背後で糸を引く者を見つけ出すことが大事ですからね」

「わかっている」

河下は言いながら、

「六助の亡骸も同じ連中が運んだのだろうよ」

と、意気込んだ。

「でも、六助は無事に逃げてどこかに隠れているってことも考えられますぜ」

「いや、六助には身を隠す場所はないはずだ」

河下は言い切り、

「ともかく、葉田さんに話をする。長兵衛、礼を言うぞ」

と、立ち上がった。

河下は勇躍して引き上げた。

これで、また一歩前進する。長兵衛はそう期待した。

第三章　立退き

一

奉行所に戻った河下は同心詰所で葉田誠一郎を待った。

河下と葉田は同い年で、ほぼ同じ時期に定町廻り同心になったが、いっしょに探索する機会はなかった。ところが、今回は図らずも共闘することになった。

ほどなく、葉田が帰ってきた。

「葉田さん、今、いいかね」

河下は待ちかねて声をかけた。

「俺も伝えたいことがある」

葉田も言った。

座敷の上がり框に並んで腰を下ろし、

「葉田さんから」

と、河下は促した。

「廃業して引っ越していった鼻緒屋の主人から話を聞いてきた。ひと月前から客足が減ってきて困惑していたとき、店の前にごろつきみたいな男がいつもうろついていることに気づいたそうだ。ごろつきは、店に入ってこようとする客に言いがかりをつけて追い返していたという」

葉田は続けた。

「廃業していった下駄屋も同じようなものだ。最近では荒物屋が廃業したが、やはり客が来ないと」

「やはりな」

「もっと以前に石原町で同じような騒ぎがあった。だが、こっちは途中でいやがらせがなくなったようだ」

「つまり、松坂町に狙いを変えたというわけだな」

河下は鋭く言う。

「そうだ。土地の買い占めをしている人物が、石原町から狙いを松坂町に変えたのだ」

「なぜだろう」

河下は疑問を呈する。

「単純に、松坂町のほうがある人物にとって得だからだろう」

「いったい、住人を立ち退かせ、何をする気なのだ？」

「わからない。その人物が誰かわかれば狙いもはっきりするのだが……」

葉田は歯嚙《はが》みをした。

「これは幡随院長兵衛から聞いたのだが、鼻緒屋だったところに住みついた連中は『寺田屋』の者ではないかと言うのだ」

河下は口にした。

「『寺田屋』？」

「そうだ」

河下は長兵衛から聞いた話を伝えた。

「えらの張った顔の伊平と名乗る男がいて、そいつを『寺田屋』で見かけたことがあったらしい。そこで、『寺田屋』が柄の悪い連中を送り込んでいるのではないかと言っていた」

「『寺田屋』か。そういえば、『寺田屋』には罪を犯した輩が逃げ込んでいるという噂もある」

葉田は頷き、

「『寺田屋』は悪事のために、ひとを貸し出しているのか」

と、憤る。

「芝木甚兵衛も仲間だろう」

河下は告げた。

「長兵衛が言うには、夜鷹のお京の亡骸を船で運んで始末したのも『寺田屋』の連中ではないかと。『寺田屋』の人足の中に元漁師の男がいて、その男が船を漕いだのだろうと」

「すべてに『寺田屋』が関わっているのか」

葉田が怒りを滲ませた。

「そうだ。『寺田屋』の取引先に誰か黒幕がいる」

河下は言い切った。

「わかった。これから『寺田屋』を徹底的に見張ろう」

「それから、芝木甚兵衛の屋敷の庭には土を掘り返した痕跡はなかったそうだ。六助は庭に埋められたわけではない。お京を始末した連中が、また船でどこかに運んで埋めたのかもしれない。そのことも、頭に入れての探索を」

河下は勇んで言う。

「あと一歩だ」

葉田も思わず拳を握りしめた。

翌日、岡っ引きの又蔵は佐賀町の『寺田屋』の暖簾をくぐった。

店座敷の帳場格子のひとつに客が来ていた。

「親分さん、今日は何か」

耳が異様に大きい、番頭の伊三郎が近づいてきた。眦のつり上がった細い目で探るように見る。

「たいしたことではない。六助の行方はわからないか」

「へえ、わかりません」

「そうか。いってえ、どうしているのやら」

又蔵はわざとらしく首をひねる。

「親分さん。どうして、六助のことを気にするんですね」

伊三郎がきく。

「芝木甚兵衛さまの屋敷の奉公をいやがっていたんだ。よほど何かあったに違《ちげ》えねえ。だから、何があったのか知りたいのさ」

又蔵は答える。

「芝木さまはひと使いが荒いので、いやになったんでしょうよ」

「それにしてはひどいいやがりようだった。まさかとは思うが、夜鷹のお京が殺されているんだ。六助が何かを見たのかもしれねえ」

又蔵は言い、

「ところで、『寺田屋』はひとつの得意先に何人もの人足を出すことがあるのかえ。いや、工事とか普請の現場以外でだ」

「それは相手のご要望次第で」

伊三郎は訝しげに答える。

「今、一番多く人足を出している得意先はどこだ？」

「親分さん。申し訳ありませんが、軽々しくは言えません。相手のご事情もあるでしょうから、喋っていいかどうかは確かめないと」

伊三郎はやんわりと拒んだ。

「それもそうだな。じゃあ、すまねえが、確かめてくれねえか」

と、改めて頼んだ。

「そんなことを聞いて、どうなさるんですね」

「なあに、参考のために知っておきたいのさ」

又蔵はあっさり返し、

「ところで、抱えている人足の前身はさまざまだろうな」

と、さりげなくきく。

「ええ」

「やはり、農村の出が多いのか」

「そうですね。在所で食えなくなって江戸に出てきた者はかなりいます」

「漁村なんかはどうだ？」

「ええ、中にはおりますが……」

伊三郎は不審げな顔をした。

「漁師で食えないとは思えないから、何かそこにいられない事情でも出来たのか。それとも江戸に憧れたか」

「………」

伊三郎は口を閉ざした。

「すまねえな、邪魔をした」

又蔵は切り上げ、踵を返しかけたが、

「さっきのこと、頼んだぜ」

「さっきのこと？」

伊三郎はきき返す。

「一番多く人足を出している得意先だ」

「………」

「また、来る」

又蔵は戸口に向かった。

又蔵の手下が『寺田屋』の並びの路地に潜んでいた。

手下に目配せをし、又蔵は行き過ぎた。色の浅黒い筋骨のたくましい体つきの男を探すように命じてある。

小名木川《おなぎがわ》に沿って歩き、高橋《たかばし》を渡って本所に向かった。

弥勒寺《みろくじ》の前を過ぎ、竪川《たてかわ》を渡り、亀沢町の自身番に着いた。

「旦那」

上がり框に腰を下ろしていた葉田に声をかける。

葉田は立ち上がって、家主に何かを言い、近づいてきた。

「ごくろうだった」

「へえ」

又蔵は番頭の伊三郎とのやりとりを伝えた。

「どうやら、幡随院長兵衛の見立ては間違っていないかもしれぬな」

葉田は呟く。

「へえ、幡随院長兵衛という男はたいしたもんですね」

又蔵は感嘆した。

「河下さんが言っていたが、ほんとうの侠客だそうだ」

そこに、手下が駆けてきた。

「親分」

「どうした？」

「親分が『寺田屋』を出てしばらくして、陽《ひ》に焼けた図体《ずうたい》のいい漁師風の男が連れといっしょに帰ってきました。連れが、この前の船はまた使えるのかときいていました。ふたりは『寺田屋』に入ってしまい、男がなんと答えたかは聞こえませんでしたが……」

「そうか。旦那、断定は出来ませんが、この前の船というのは、お京の亡骸を運んだ船のことじゃありませんかえ」

又蔵がきく。

「そうらしいな。これで、『寺田屋』の得意先がわかれば、すべてはっきりしそうだ」

葉田はにんまりした。

夕方になって、河下は岡っ引きの勘助《かんすけ》と田原町の自身番で合流した。盗まれた船がないかと調べさせていたのだ。漁師の持ち船だったら、なくなれば訴えがあるはずだ。

それがないのは、老朽化してどこぞでもやった状態で放置された船ではないかと、勘助は向島《むこうじま》の百姓家などを聞き込んでいたのだ。

「旦那、ちょっと気になる話を聞いてきました」

勘助は説明した。

「北十間川《きたじっけんがわ》沿いを歩いていたら使われていないような川船がもやってあったんです。近くの百姓にきいたら、野菜を運ぶために使っていたが、今は使われていないということでした」

勘助は息継ぎをし、

「ずっともやってあったが、二、三日、その船がなかったことがあったそうです。でも、ちゃんと戻ってきたと言ってました。船がなくなっていたのは、お京の亡骸の運ばれた頃と重なります」

と言い、さらに、

「で、その船に乗り込んで何か証になるものがないかと調べてみましたが、何も見つかりませんでした」

「二、三日船が行方不明になっていたことが気になるな」

「やはり、亡骸を運んだ船でしょうか」

「そのあと船は？」

「ずっともやってあるそうです」

「使われていないのか」

河下は首を傾げた。

もし、六助が殺されて運ばれたのだとしたら、その船がもう一度使われたのではないか。それとも、他にも同じような船があるのか。

「明日、俺も船を見てみる。案内してくれ」

「へい」

勘助と別れ、河下は奉行所に急いだ。


奉行所に着き、同心詰所に入ると、葉田が待っていた。

「『寺田屋』の番頭が人足をまとめて手配している得意先があることを認めた。その得意先の名を教えてもらうことになっている」

葉田はさっそく報告した。

「否定しなかったのか」

河下は不思議に思った。

「そのようだ。ただ、相手が教えてよいと言えば、教えると言ったそうだ」

「そうか」

河下は首をひねった。

「どうした？」

「得意先というのは、俺たちが考える土地の買い占めの黒幕だ。その黒幕の名をあっさり教えるだろうか」

「偽りの名を言うかもしれないと」

「うむ」

河下は思案に余った。

「それから、『寺田屋』に漁師風の男がいた。連れが、この前の船はまた使えるのかときいていたそうだ」

「この前の船とは死体を運んだ船のことか」

河下は呟く。

「そうかもしれない」

「じつは北十間川で放置されていた船が見つかった。お京の亡骸が運ばれた日の前後二、三日、その船がいつももやってあった場所からなくなっていたそうだ」

「その船が使われたのだ」

葉田は鋭い声で言う。

「だが、それ以降、船はまた同じ場所にあるそうだ。つまり、六助の亡骸を始末するために、その船は使われていない」

「待てよ」

葉田は厳しい顔つきで続ける。

「その男に連れが、この前の船はまた使えるかときいている。これは、もう一度、あの船を使おうとしているからではないのか」

「しかし、芝木甚兵衛の屋敷の庭に六助は埋められていない」

河下は長兵衛の調べを信じている。

「芝木には子分のような侍がふたりいる、与田と長尾だ。このふたりのどちらかの屋敷の庭に埋められているのかもしれない」

「うむ」

河下は唸った。

「庭を掘り返し、船で別の場所に運んで埋めるのでは」

「そうかもしれないな」

やはり、六助は殺されているのだ。

「もし、そうだとしたら、好機だ。六助の亡骸を運ぶ船を取り押さえ、そこに乗っていた連中を自白させれば、芝木甚兵衛を捕まえることが出来る。さらに、松坂町の住人を追い出しにかかっている連中の悪事も暴ける」

葉田は声を弾ませた。

「いつ亡骸を運ぶかわからない。常に見張りを立てておかねばならぬな。どこを見張るか。与田と長尾の屋敷か。船を漕いだと思われる『寺田屋』の漁師風の男か。それとも、すべてか。しかし、ずっと見張っていたら勘づかれる危険性が高い」

河下は懸念する。

「船がいいかもしれぬ」

「北十間川の川船か」

「そうだ。必ず、船を取りにくるはずだ。船の見張りなら、気づかれる恐れはない」

葉田はにんまりした。

「なるほど」

河下は合点した。

「死体を運ぶ船を押さえられるかどうか、そこが勝負だ」

奴らが他の船を調達した場合、このはかりごとは失敗に終わる。賭けだ。河下は覚悟した。

二

翌日の昼前、『幡随院』に河下がやってきた。

長兵衛は客間で向かい合った。

「また、新たにわかったことがあったので知らせに来た」

「河下さま。あっしは河下さまのお手伝いをしているわけではありません。たまたま、重なり合うことがあったというだけですので」

長兵衛は機先を制した。

「わかっている」

河下は意に介さず、

「『寺田屋』の番頭が人足をまとめて手配している得意先があることを認めたそうだ。その得意先の許しがあれば、その名を教えてくれるという。つまり、住人の追い出しを命じている人物の正体がわかるのだ」

河下はなんとなく弾まない顔をしている。

「河下さまは何か得心がいかないようですね」

「黒幕の正体が、こうもあっさりわかっていいものか」

「そこに何か企みがあるかもしれないということですか」

長兵衛は河下の懸念を推し量った。

「そうだ。関係ない人物の名を出して、我らの探索を攪乱《かくらん》する気かもしれない」

「でも、無関係な人物だとしたら、すぐ調べがつくでしょう。あっさりわかるような嘘を言うでしょうか」

長兵衛は疑問を差し挟む。

「ほんとうの黒幕の名を言うと？」

河下が不審そうにきいた。

「ええ。恐ろしいのはむしろ、そちらのほうです」

長兵衛は大きく溜め息をついた。

「どういうことだ？」

河下の顔色が変わった。

「黒幕が堂々と顔をさらけ出しても、何ら問題ないということでしょう。住人の追い出しを図っていると言っても、特に罪に問えるような行為ではないでしょう。明らかにいやがらせと思う振る舞いも言い訳が出来ましょう。なにしろ、出ていったひとたちは追い出されたのではなく、自ら店を廃業し、その土地から出ていったのですから」

「黒幕に後ろ暗いところはないというわけか」

河下は怒ったように言う。

「そうです。もし、法に触れるような振る舞いがあったとしても、それは『寺田屋』の者が勝手にやったこととして逃げられる……」

「うむ」

河下は腕組みをして唸った。

「ただ、狙いがわからないのです。住人を追い出したあと、その土地で何をするのか」

長兵衛は考えながら、

「まさか岡場所を作ろうとはしていないでしょうが」

と、口にする。

「女郎屋か」

「思いつきを言ったまでです。いずれにしても、問題は住人を追い出したあとです。あそこで何をしようとしているのか」

今はまだ序の口かもしれない。

「これから何かがあると言うのか」

「そうです」

「………」

河下は深刻そうに考え込んでいたが、

「そうそう、夜鷹のお京の亡骸を運んだ船のことだが」

と、顔を上げた。

「北十間川に放置されたままの川船がもやってあった。お京が殺された前後の二、三日、その船はなかったそうだ」

「その船が使われたのでしょうか」

「十分に考えられる。ただ、その船はその後、一度もなくなっていないのだ。つまり、六助の亡骸は運んでいない」

河下は続けて、

「『寺田屋』に船を漕いだと思われる男がいた。その男の連れが、この前の船はまた使えるのかときいていた。六助の亡骸は芝木甚兵衛ではなく、与田か長尾の屋敷の庭に埋められていて、それを別の場所に移そうとしているのではないか」

「与田か長尾の屋敷ですか」

長兵衛は首をひねった。

「北十間川の船に見張りを立てることにした。亡骸を運ぶ現場を押さえる」

河下は意気込んで言う。

「六助かどうかは別として、亡骸を運ぶのはたしかかもしれませんね」

長兵衛も危惧した。

「今度は橋場とは逆のほうに行って埋めるか」

「いや、案外と橋場かもしれませんぜ。同じ場所ですよ。お京が埋められていた場所にもう一度埋めるんです」

「………」

河下は目を剝いた。

「今度は野犬に掘り起こされないように、もっと深く埋めれば、気づかれにくいんじゃないですかね」

「そうかもしれぬな。別の船を調達する可能性もある。お京が埋められていた場所にも見張りを立てよう」

河下は急いで帰っていった。死体の移動は一両日中にあると、河下は見ていた。

河下が引き上げたあと、客がやってきた。吉原の妓楼《ぎろう》『華屋《はなや》』の主人の増蔵《ますぞう》だ。

吉原はたびたび火事を起こす。焼け跡の片づけに『幡随院』から人足を派遣したりしているので楼主とは親しい。『華屋』の増蔵もそのひとりだ。

長兵衛が客間に行くと、増蔵は軽く頭を下げた。

「『華屋』さんがわざわざお見えになるのは珍しいですね」

長兵衛は向かいに腰を下ろした。

「向島まで行った帰りでして。山谷《さんや》の渡し場に着いてから、せっかくなので長兵衛親分にご挨拶をと思いましてね」

「そうですかえ。それはわざわざ」

「親分のところは活気がありますね。うらやましい限りです」

増蔵は大柄な体を丸くして言う。

「天下の『華屋』さんが何をおっしゃいますか」

長兵衛は苦笑した。

『華屋』は代々有名な太夫《たゆう》や花魁《おいらん》を抱えて名を馳《は》せた妓楼だ。増蔵も何代目かの当主である。

「いやいや、今の吉原はかつての吉原と違います」

増蔵は溜め息混じりに言う。

「ところで、向島には何か」

長兵衛はきいた。

「いい娘がいるというので会いに」

「いかがでした？」

「まだ十二歳でしたが、磨けば光るでしょう」

増蔵は表情を曇らせ、

「じつは吉原も景気が今ひとつでしてね。往年の吉原から比べたら、見る影もありませんよ」

と、自嘲する。

「確かに、今は深川のほうの芸者の人気が高く、吉原は衰頽《すいたい》していっていると聞きますが、それは全盛期に比べてのことであり、こんな言い方は失礼ですが、腐っても鯛《たい》です。格式のある吉原は……」

「いえ、そうでもないのです。じつは、『扇家《おうぎや》』さんが廃業することになりましてね」

「『扇家』さんが？」

長兵衛は驚いてきき返した。

「はい。なんとか頑張ってきたようですが、先の見通しが立たないということで」

「『扇家』さんといえば、『華屋』さんと並んで吉原を代表する妓楼ではありませんか。有名な太夫もたくさん輩出していると聞いています」

「そういう過去の栄華からくる矜持《きょうじ》が邪魔したのでしょうね。遊女の安売りが出来なかったんです。私どもは早くから、矜持を捨て、揚げ代の値引きなどを断行してきましたが」

増蔵はしんみりと、

「場所が少し遠いのも影響しているのかもしれません。目玉になるような遊女がたくさんいれば、少しぐらい遠くても足を運んでくれるでしょうが、浅草の外れですからね」

と続けて、

「まあ、いずれにしろ、吉原も新しい形に変わらざるを得ないでしょう」

と、頷きながら言う。

「『扇家』さん以外にも、苦しい妓楼はあるのですか」

長兵衛はきいた。

「ええ、あと二軒ほど危ないと言われている見世《みせ》があります。でも、矜持さえ捨てればなんでも出来ますから」

増蔵が表情を変え、

「お忙しいとは思いますが、親分もたまには吉原に遊びに来てくださいな。お蝶さんの目が光っているのは承知していますが」

と、微笑んで言う。

「うちの連中はもっぱら吉原で遊んでいる。もっとも、安いところしか行けねえですがね」

長兵衛は苦笑する。

「そういえば、向島の帰りの渡しの中で、長兵衛親分が本所の不良御家人を懲らしめたという話を聞きました」

増蔵は思いだしたように言う。

「なあに、たまたまだ」

「親分はよく本所に行かれるのですか」

「いや、この前は回向院に墓参りに行ったんですよ。深川の木場《きば》には材木問屋があるので、ときたま足を向けることはありますが、本所は行く機会は少ない」

「そうですか」

増蔵は居住まいをただし、

「どうも突然お邪魔して申し訳ありませんでした」

と、挨拶して立ち上がった。

増蔵を見送って、居間に戻る。

「『華屋』さん、どんな用だったの?」

お蝶がきいた。

「いや、特になかった。向島の帰りに、思いついて寄ってみたと言っていた」

「そうですか」

お蝶は首を傾げた。

「なんだ?」

「用もないのも寄るなんて珍しいと思ったものですからね」

「『扇家』さんが廃業するらしい。そのことを知らせたかったのかもしれない」

「『扇家』さんが廃業?」

お蝶も驚いたようだった。

「最近の『扇家』さんには目玉になるような花魁がいなかったそうだ。それだったら、揚げ代を値引くとかすればよかったが、それが出来なかったことで苦しくなったと、増蔵さんは言っていた」

「そうですか。『扇家』さんが」

お蝶は感慨深げだ。

「長く続けるというのは大変なことだ」

長兵衛は自分が『幡随院』の九代目だということにふと思い至り、『幡随院』を守っていく責任を改めて痛感した。


長兵衛は弥八を連れて、『幡随院』を出た。

吾妻橋を渡り、南割下水を素通りして亀沢町から回向院裏の松坂町にやってきた。

町木戸の周辺に、きょうはいつものいかつい顔の連中はいなかった。『大代屋』に向かうが、人通りは少ない。

「親分、ずいぶん閑散としていますね」

弥八が驚いたように言う。

「もう何軒も店仕舞いをしている」

『大代屋』の前に着いた。

店の中から激しい声が聞こえた。

長兵衛が戸口に立つと土間に三人の男がいて、番頭の八兵衛を取り囲んでいる。ひとりは羽織姿だが、他のふたりは遊び人ふうだ。大声を出していたのは遊び人ふうの男だ。

「おまえたち、何をしているんだ」

長兵衛が怒鳴る。

三人が振り返った。

羽織を着た四十年配の男が、

「なんですか、おまえさんは？」

と、きいた。

「俺は花川戸の幡随院長兵衛だ」

「おまえさんが幡随院長兵衛さんか」

男は含み笑いをし、

「私は入江町《いりえちょう》で金貸しをしている銀蔵《ぎんぞう》というものです。『大代屋』さんが肩代わりをした借金の返済をお願いしに来た。おまえさんの出る幕ではありませんな」

と、いなすように言う。

「そうはいかねえ」

長兵衛は三人の脇を通って、番頭の八兵衛のそばに行き、

「番頭さん。どうなっているんだね」

と、きいた。

「また、芝木甚兵衛さまです。芝木さまが借りた十両を返せと」

八兵衛が憤慨する。

「銀蔵さん。『大代屋』さんが肩代わりをしたという証文でもあるんですかえ」

「そんなものはない」

「ないのに、返済しろなどと無茶だ」

長兵衛は呆れたように言う。

「だが、芝木甚兵衛さまがお書きになった誓文がある。そこには、芝木甚兵衛の責任において『大代屋』に支払わせるとある」

「今、お持ちですかえ」

「待て」

銀蔵が懐から文《ふみ》を取り出した。

長兵衛はそれを受け取って開いた。

「確かに、そう書かれているが、芝木甚兵衛さまが一方的に書いたもの。こんなものは何の値打もありませんぜ」

長兵衛は突き返した。

「『大代屋』が支払わなければ、芝木さまが責任を持って『大代屋』と談判するとおっしゃっている。よろしい、これから芝木さまにこのことを言いつけましょう」

銀蔵は口元を歪めて言う。

「おまえさん、ほんとうの金貸しか」

長兵衛は相手を睨み付ける。

「何を言うか」

「いや、ほんとうの金貸しなら、こんな一文を信じて、金を貸すばかはおるまい」

「なんだと」

銀蔵は眦を決した。

「言わせておけば」

遊び人ふうの男がいきなり長兵衛の胸倉に手を伸ばした。

長兵衛はその手首を摑んで腕をひねり上げた。

「痛《い》てて」

男は大仰に喚いた。

「この野郎」

もうひとりが匕首を抜いた。

「そんな物騒なものを抜いて、怪我をするぜ」

長兵衛は腕をひねり上げていた男を突き放し、匕首の男に向かった。相手は後退《あとじさ》った。

「そんなへっぴり腰ではひとを刺せねえ」

長兵衛が一喝する。

「怪我をしないうちに、やめさせたほうがいいですぜ」

長兵衛は銀蔵に言う。

「もういい。やめろ」

銀蔵は匕首の男に言い、

「あとは芝木さまに任せる」

と、捨て台詞を残して戸口に向かった。

「長兵衛親分。ありがとうございました」

八兵衛は頭を下げた。

「とんでもない、いやがらせだ」

長兵衛が吐き捨てたとき、店先に駕籠が停《と》まった。

主人の宗五郎が下りてくる。

「旦那さま」

八兵衛が迎えに出た。

「これは長兵衛親分」

宗五郎が挨拶をし、

「何かあったのか」

と、八兵衛にきいた。

「じつは金貸しが芝木さまの借金を取りに……」

八兵衛の話を聞き、宗五郎は悄然として、

「いよいよだめか……」

と、呟いた。

「旦那さま、何がだめなんですか」

「大村さまから取引を止めると言われた」

「えっ？　どうして？」

八兵衛が悲鳴のような声を出した。

「わからない。わけはおっしゃっていただけなかった」

宗五郎は消え入りそうな声になった。

「大村さまとは？」

長兵衛は口をはさんだ。

「浜町に屋敷がある五百石取りのお旗本です。長い間、お女中などのお召物をうちで納めておりました」

宗五郎が答える。

「突然、取引を止めると」

「はい」

宗五郎は青ざめた顔で言う。

「もうこれでお手上げです」

「旦那さま。そんなことおっしゃらず」

八兵衛が訴える。

長兵衛は立退きを迫る黒幕が『大代屋』をいっきに追い出しにかかったのだと悟った。

三

又蔵は手下とともに、佐賀町にある『寺田屋』の暖簾をくぐった。

「伊三郎はいるか」

手代にきく。

「少々お待ちを」

手代は奥に呼びに行った。

伊三郎が現れた。顔は細く、耳が異様に大きい。

「今、一番多く人足を手配している得意先を教えると言ったな」

又蔵はきいた。

「材木問屋の『槇田屋《まきたや》』さんです」

「『槇田屋』？」

中規模の材木問屋だ。

「出しているのは何人だ？」

「七人です」

「その七人は得意先でどんなことをしているんだ？」

「私どもではわかりません。『槇田屋』さんが独自に何かをやらせているのだと思いますが」

伊三郎は涼しい顔で言う。

「わかった。邪魔した」

又蔵は行きかけて、足を止めた。

「いつも主人と会わないが、そんなに忙しいのか」

「たまたまではありませんか。まあ、忙しく動き回ってはおりますが、店にもよく顔を出しています」

「そうか」

店を出て、佐賀町から木場に行く。

材木置き場があちこちに目につき、堀には筏《いかだ》に組んだ丸太が浮かんでいる。

『槇田屋』の戸口に立つ。半纏を着た男たちが立ち働いていた。

「すまねえ、ご主人がいたら呼んでくれ」

そばにいた若い男に声をかける。

「へい」

若い男は奥に入って行った。

少し待たされて、三十前後の彫りの深い顔だちの男がやってきた。

「『槇田屋』の主の清之助《せいのすけ》でございます」

「俺は南町の葉田誠一郎さまから手札をもらっている又蔵というものだ」

「その又蔵親分が私どもに何か？」

清之助がきいた。

「いや、ちょっと確かめたいことがあってな」

又蔵はもったいをつけ、

「『槇田屋』さんは佐賀町にある口入れ屋の『寺田屋』から人足を借りているな」

と、きいた。

「はい。手配していただいています」

「何人だ？」

「七人です」

「材木問屋の『槇田屋』さんが何のために？」

又蔵は清之助の顔を見つめる。

「じつは本所松坂町の地主さんから頼まれましてね」

「地主から？」

「はい」

「どういうことだえ？」

「あの辺りは回向院の裏で場所が悪いのか、小商いの商売をやっても客足が伸びず、店仕舞いをするところが多いとのことでして。引っ越していった家も多く、防犯のために見廻りをしてもらいたいと頼まれたのです」

「見廻りだと？　松坂町の一画ではいかつい顔の男がうろついていて怖くて通れないという話だ。商売の邪魔をして、住人を追い出すという狙いがあるんじゃねえのか」

又蔵は踏み込んで言う。

「とんでもない。空き家が多く、無法者に勝手な真似をされないように警戒をしているのです」

清之助が弁明する。

「俺たちが調べたこととだいぶ違うがな」

「もしかしたら、若い連中ですから少し羽目を外したかもしれませんが、あくまでも町を守るためです」

「しかし、いやがらせを繰り返している」

「注意しておきます」

「『大代屋』は立ち退こうとはしていないぜ」

又蔵はきっぱりと言う。

「いえ。いずれ立ち退くはずです」

「どうして、そう言えるのだ？」

「あの場所は商売に向いていないからです。『大代屋』さんも他に移れば繁盛しますよ」

清之助は笑みを浮かべて、

「親分さんからも、他の土地に移転したほうがいいと勧めていただけるとありがたいのですが」

「ばか言うな」

又蔵は腹が立った。

「まあ、仮にあの連中が町を守るために働いているとしよう。だが、なぜ、地主が材木問屋の主人のおまえさんに頼むんだ」

「じつは地主さんはあるお方にお願いしていて、私はそのお方から頼まれたのです」

「だから、なぜ、材木問屋のおまえさんなんだ？」

又蔵は不可解だと思って追及する。

「いったんあの土地を更地にしたあと、新しい商売屋を誘致するそうです。その際、私どもから材木を調達してくれることになっています」

清之助は平然と言う。

「何になるんだ?」

「詳しいことは聞いていません」

「そんなはずなかろう。何になるか、決まっているはずだ」

「でしょうが、私は聞いていません」

清之助は首を横に振る。

「で、おまえさんに頼んだお方とは誰なんだ?」

又蔵はきく。

「申し訳ございません。まだ、お話をするわけにはいかないのです」

「なぜだ?」

「新たにあの場所で商売をやりたいという者たちがそのお方のところに押しかけるかもしれませんので」

「商人か」

「さあ、どうでしょうか」

清之助は含み笑いをした。

「まさか……」

又蔵ははっとした。

芝木甚兵衛に対して奉行所は弱腰だ。背後に旗本が控えているからではないのか。

「旗本か」

又蔵は口にした。

「さあ、どうでしょうか」

清之助は曖昧に笑った。

又蔵は複雑な思いで、『槇田屋』を引き上げた。


その後、又蔵は松坂町の自身番で葉田と落ち合った。

「旦那、あのいかつい連中を雇っていたのは材木問屋の『槇田屋』でした。ところが、『槇田屋』の主人の清之助が言うには……」

又蔵はおやっと思って声を止めた。葉田が聞いていないような感じだったが、続けた。

「店仕舞いして、空き家が増え、防犯のために見廻りをしているだけで、追い出すためにいやがらせをしているわけではないと……」

やはり、葉田は心ここにあらずのようだ。

「旦那」

又蔵は声をかけた。

「うむ」

葉田は浮かない顔を向けた。

「旦那。どうしたんですね。何かあったんですか。さっきから変ですぜ」

「ああ、すまぬ」

葉田は詫びるや、

「松坂町の立退きの件には関わるなとさ」

と、沈んだ声で言った。

「誰がそんなことを?」

又蔵は驚いてきき返す。

「上役の与力どのだが、お奉行からのお達しだろう」

葉田は顔を歪めた。

「なぜですかえ。『槇田屋』の清之助は防犯のための見廻りだと言ってましたが、明らかに追い出すためのいやがらせですぜ」

又蔵は憤然と言う。

「地主も承知のことだそうだ。だから、家主も見て見ぬふりなのだろう」

「じゃあ、ばかを見るのは追い出される住人だけですかえ」

又蔵は決して正義感だけで言っているのではない。『大代屋』は小遣いをせびりに行っていたところだ。それだけの義理は感じている。

「こっちがいくら道理を説いても、向こうはいろいろな理屈をこねて正当性を言い張ってくる。残念だが、俺たちの出る幕はねえ」

　葉田は悔しそうに言う。

「やはり、立退きの背後に誰か旗本がいるんですね」

　又蔵は吐き捨てる。

「どうしてそう思うんだ？」

「『槇田屋』も地主に頼まれた何者かの指図によって動いていると言ってました。奉行所も逆らえないとなると、旗本が陰で糸を引いているとしか思えません。芝木甚兵衛に手が出せないことも、背後に旗本が控えているからでしょうが」

　又蔵は決めつけ、

「旦那、その旗本って誰ですかえ」

　と、きいた。

「上役がこっそり教えてくれたが、旗本寄合席《よりあいせき》三千石の赤塚主水《あかつかもんど》さまのようだ」

「赤塚主水さまですかえ」

「老中とも姻戚関係にあるらしい。お奉行も、へたに赤塚主水さまには逆らえないのだろう」

葉田は諦めたように言う。

「じゃあ、このまま手をこまねいているってわけですか」

「仕方ない」

「冗談じゃねえ。『寺田屋』から送り込まれた連中が、松坂町を我が物顔でのさばっているのをただ黙って見ているだけだなんて」

又蔵はやりきれないように言う。

「俺たちの負けだ」

葉田は口にしたが、すぐに目を鈍く光らせた。

「だが、一矢むくいてやろうではないか」

「と言いますと？」

「芝木甚兵衛の夜鷹殺しだ。殺しとなれば、おいそれと見過ごしには出来まい。芝木甚兵衛をしょっぴいて奉行所の鼻を明かしてやるんだ」

「ええ、もちろんですぜ」

葉田は息巻いた。

又蔵も前のめりになり、

「お京殺しの証は、まだつかめていませんが、六助も殺されているはずです。今度はその六助の死体を移し替えるに違いありません。北十間川にもやってある船には見張りをつけてありますし、『寺田屋』の人足の中の漁師だった男はわかっています。それに、お京が埋められていた場所も監視させています」

「よし、そこに賭けよう」

葉田も気力を取り戻してきた。


夕方に河下が奉行所の同心詰所に入ると、葉田誠一郎が近づいてきた。

「河下さん、ちょっと」

葉田は河下を詰所の隅に誘い、

「上から待ったがかかった」

と、口にした。

「待っただと?」

「そうだ。松坂町の件はお上《かみ》のお許しを得て立退きをさせているので、よけいな口出しはするなと言われた」

「与力どのがそんなことを?」

「お奉行からの指図らしい」

葉田は声をひそめた。

「やはり、背後に有力な旗本が?」

河下は忌ま忌ましげに言う。

「上役が言うには、背後に旗本寄合席三千石の赤塚主水さまがいるそうだ」

「赤塚主水さまか」

河下は顔をしかめて呟く。

「『寺田屋』が七人を手配しているのは材木問屋の『槇田屋』だ。立退きが済んだあとに新しい建物を建てる際には『槇田屋』の材木を使うことになっているらしい」

「旗本の赤塚主水、材木問屋『槇田屋』、それに口入れ屋『寺田屋』と地主が組んで、松坂町に大店でも呼び込もうとしているのか」

河下はきく。

「狙いはわからない。正当な立退きを主張しているが、やっていることはいやがらせによる追い出しだ。だが、奉行所は黙認だ」

葉田が悔しそうに言う。

「面白い」

河下は思わずほくそ笑んだ。

「何が面白いんだ？」

「幡随院長兵衛だ。この話は長兵衛の怒りに火をつけるはずだ」

「長兵衛に何が出来る？」

葉田は疑問を口にする。

「ともかく、長兵衛にあらいざらい話してみる」

河下は大きく頷いてみせた。

四

翌日の朝、長兵衛の朝餉の途中、吉五郎が顔を出し、河下が来たと告げた。

「わかった。客間で待たせておけ」

長兵衛は言い、ゆっくり茶を飲んだ。

それから、おもむろに立ち上がり、客間に行った。

「これは河下さま」

長兵衛は河下と向き合って腰を下ろした。

「また、何か」

「うむ、松坂町の立退きのことがだいぶわかってきた」

河下が切り出す。

「そうですかえ」

「松坂町の一画を更地にしてそこに何かを建てようとしている。それを主導しているのが旗本寄合席三千石の赤塚主水さまだ」

「やはり、旗本が絡んでましたか」

「どうしてそう思うのだ?」

「そりゃ、奉行所の動きが鈍いからですよ。目を瞑《つむ》れとか、上役に言われているんだろうと思ってました」

「そうだな」

「解《げ》せないのは、なぜ赤塚って旗本がそんな真似をするんですかえ。いってえ、赤塚主水ってどんな人物なんですか」

長兵衛は気になった。

「二年前まで勘定奉行だったそうだ」

「勘定奉行?」

「病気を理由にお役を退き、今は無役だ。神田の駿河台《するがだい》に屋敷がある」

「そうですか。どこかの豪商から、あそこの土地が欲しいと頼まれたってわけでしょうかね」

「おそらくそんなところだろう」

河下も認め、

「だが、その豪商が誰かはわからぬ」

と、首を横に振った。

「赤塚主水にきかないとわからないというわけですか」

長兵衛が顔をしかめる。

「そうだ。で、実際に立退きを請け負って動いているのが材木問屋の『槇田屋』だ。『槇田屋』は、『寺田屋』からひとを借りて、松坂町をうろつかせている」

河下はひと息入れて、

「ただ、『槇田屋』は、立ち退いて空き家になった家が増え、悪い連中が入り込む危険があるから見張りをさせているのだと言っている」

「そうだとすると、地主には話をつけていますね」

「地主は今の住人の立退きには賛成だそうだ」

「なるほど。『大代屋』のように素直に立ち退かない商家には、強引な手を使うのも仕方ないという口実を使うかもしれませんね」

長兵衛は厳しい顔で続けた。

「『大代屋』に対してはかなり強引な手を使いそうですね。店の中で暴れ、建物を壊す……。それでも、奉行所は手が出せない」

「『槇田屋』に言わせたら、法に背くことはしていないということだ」

河下は溜め息をつき、

「どうだ、長兵衛。このまま見捨てておけるか」

「河下さまはどうなんですか」

「俺は上役から止められている」

「それでいいんですか」

「いいも何も、俺は何も出来ないのだ」

「じゃあ、町の衆が困っているのをただ見ているだけで……」

「長兵衛っ」

河下が強い口調で言い返した。

「俺は宮仕えだ。勝手な真似は出来ぬ」

「ようするに自分が可愛《かわい》いということですね」

「うむ……」

「あっしだったらどうなろうと河下さまには関わりありませんからね」

「……」

「しかし、あっしに万が一のことがあれば、『幡随院』に関わる大勢が路頭に迷うかもしれないんですぜ」

「長兵衛、何が言いたいのだ？」

「表立ってやらなくとも、こっそり出来ることがあるんじゃないですか」

「もちろん、それはやっている。夜鷹殺しで芝木甚兵衛を追い詰めようと……」

河下はむきになった。

「夜鷹殺しは松坂町の立退きの件とは直接の関わりはありませんぜ」

「だが、芝木甚兵衛は仲間だ」

「仮に芝木甚兵衛を捕まえたとして、あとはどうなさるので？」

「なに？」

「もちろん芝木甚兵衛はとっ捕まえなきゃいけねえ。ですが、芝木甚兵衛を捕まえたところで、立退きの件に影響は及びませんぜ。仮に、赤塚主水って旗本とつながっていたとしても、芝木甚兵衛など捨てられるだけです。芝木甚兵衛が夜鷹を殺したことは余分なことだったはずですからね。まさか、立退きの秘密を夜鷹のお京がつかんでいたとでもいうなら別ですが、そんなことは考えられません」

長兵衛はいっきに喋り、

「河下さま」

と言って、息を継いだ。

「あっしが言いたいのは、立退きの件でもっとやるべきことがあるってことですよ。どこかの商人、黒幕、いわば影の商人ですかね、それが絡んでいるはずです。その商人を捜し、跡地に何を作るのか。相手の狙いをひそかに調べてみちゃどうです」

「しかし……」

「立退きの場に顔を出さなきゃ、河下さまは手を引いたと思われますよ」

「商人を捜すと言ってもどうやって」

「地主や家主はほんとうのことを知らされてないでしょうから、きいても無駄だと思います」

長兵衛は言ってから、

「その商人は『槇田屋』の主人や赤塚主水と連絡をとっているはずです。『槇田屋』の主人の動きや、赤塚主水の屋敷に出入りする商人などを張っていれば、いつか目に入ってくるはず」

「なるほど」

河下は感心したように言い、

「葉田さんにも伝え、さっそく動き出す」

と、腰を上げた。

河下を見送ったあと、吉五郎が近づいてきて、

「河下さま、どうかなさったのですか。ずいぶん昂《たかぶ》っておられるようでしたが」

と、訝しげにきいた。

「こういうことだ」

と、長兵衛は河下とのやりとりを説明した。

「そういうことになっていたんですか」

吉五郎は厳しい顔で、

「残るは数軒ですね。なかでも、大きなのが『大代屋』ですか」

と、呟いた。

「『大代屋』が落ちたら、もう全滅だ」

長兵衛は胸騒ぎがし、

「これから、『大代屋』に行ってみる」

「親分、あっしも」

「いや、ひとりでいい」

「では、勝五郎でも連れていってください。じつは最近、近所を妙な浪人者がうろついているんです」

「浪人者?」

「ええ。三人です。ひとりは長身、あとは巨漢と小柄な男です。まさかとは思いますが、用心のために勝五郎を。念のために、勝五郎にも長脇差を持たせます」

「わかった」

吉五郎は勝五郎を呼びにやった。

半刻（一時間）後、長兵衛と勝五郎は『大代屋』の客間で、主人宗五郎と番頭八兵衛と向かい合っていた。

「芝木甚兵衛は現れませんか」

「ええ」

宗五郎が答える。

長兵衛が気にしているのは、芝木甚兵衛が仲間と押しかけ、約束を破ったと言いがかりをつけて店の中で暴れ回ることだった。

もし、そんな真似をしたら、幡随院長兵衛がただじゃおかないと釘を刺したが、立ち退かせるためなら、何をするかわからない。

「今後も何をしてくるかわからない。もし、『大代屋』さんのほうでよろしければ、うちの若い者をしばらくここに置いておこうと思うんですがね」

「えっ、うちにですか」

「まあ、用心棒代わりに」

「それは……」

宗五郎は困惑した顔を八兵衛に向けた。

八兵衛が口を開くまで間があった。

しない。

「長兵衛親分さん。そこまでしてくださらなくても」

さっきから、長兵衛は気になっていた。ふたりとも、まともに長兵衛の顔を見ようと
ふたりの様子がいつもと違う。どこかおどおどしているようだ。

「『大代屋』さん、番頭さん。何かあったんですかえ」

長兵衛は膝を進め、

「芝木甚兵衛が何か言ってきたんですかえ」

と、問い詰めるようにきいた。

「いえ、そうじゃありません」

宗五郎が目を伏せて言う。

「じゃあ、何があったんですかえ」

「ええ、それが」

宗五郎は言い淀んでいる。

「番頭さん、どうなんですか」

長兵衛は八兵衛にきいた。

八兵衛は宗五郎をちらっと見て、大きく息を吐いて言った。

「じつは、昨日、材木問屋『槇田屋』のご主人がお見えになりました」

「『槇田屋』が?」

長兵衛はきき返した。『槇田屋』のことは河下から聞いたばかりだ。

「はい。『槇田屋』さんはこの土地に関心を寄せている方の使いでやってきたと言い、立退き料を多くもらってここから出ていったほうが賢明ではないかと」

八兵衛は答え、

「地主さんも承知をしているそうで、旦那さまと相談し、引っ越そうかと」

と、打ち明けた。

「『大代屋』さん。そうなんですか」

「はい。このまま続けても客足は減るばかり。先日も、長年のお得意さまでしたお屋敷から取引を断られましたし」

「浜町の大村という旗本でしたね。おそらく、赤塚主水という大身の旗本からそうするように言われたのでしょう」

「いずれにしろ、他の土地で一から商売をはじめたほうがいいと思いまして……」

宗五郎は溜め息をついた。

「なぜ、『槇田屋』が立退きを勧めに来たと思いますか」

長兵衛はきく。

「『槇田屋』さんがここに新しく造る建屋の材木を用意することになっているそうです

ね。そのつもりで、材木を仕入れているそうです。それなのに、『大代屋』が居座っているから我慢ならなかったんでしょう」

「で、『槇田屋』に返事はなんと？」

「しばらく考えさせて欲しいと。三日後に返事をすることになっています」

宗五郎は沈んだ声で言う。

「『大代屋』さん、番頭さん。正直なところ、他の土地に行きたいと思いますか」

長兵衛は確かめるようにきく。

「いえ、私どもはここで長く商売をしてきました。お得意さまもたくさんおり、出来ることなら他の土地に移りたくはありません」

宗五郎に続いて八兵衛も、

「ここでお客さまの信用を培ってきました。そのお客さまとの絆《きずな》を断ち切りたくはありません。この場所にあっての『大代屋』ですから」

と、熱く語った。

「わかりました。まだ立退きをすると決めないでください」

「でも」

「立ち退いたあと、ここに何が出来るのか。誰が乗り込んでくるのか。それを調べてみますので」

早まった結論を出さないようにと、長兵衛は言い聞かせた。

「わかりました」

宗五郎は頷いた。

長兵衛と勝五郎は『大代屋』を出て、木場に向かった。

『槙田屋』の材木置き場にはたくさんの材木が積まれ、店の前の堀にも筏に組んだ丸太が大量に浮かんでいた。

長兵衛と勝五郎は『槙田屋』の土間に入り、近くにいた半纏を着た男に、主人への取次ぎを頼んだ。

「どちらさまで?」

「花川戸の幡随院長兵衛という者だ。松坂町の立退きの件でやってきたと告げてくれ」

「へい、少々お待ちを」

しばらくして、三十前後の彫りの深い顔だちの男がやってきた。

「主の清之助でございます」

清之助は不敵な笑みを浮かべ、

「立退きの件ということですが」

と、きいた。

「そうだ。おまえさんが『大代屋』に立退きを迫っているそうだが？」

長兵衛はいきなり口にした。

「はい。しかし、これは私どもと『大代屋』さんとの問題でして、他人さまが口をはさむ……」

「待ってもらおう」

長兵衛は相手を制し、

「俺は『大代屋』の後ろ楯になっている。立退きのことも、結論を早まるなと言ってある。部外者でもないのだ」

と、言い放った。

清之助は眉を寄せたが、

「そうですか。ここではなんですから、どうぞこちらに」

と、座敷に上がるように言った。

長兵衛と勝五郎は清之助のあとに従い、内庭に面した客間に通された。

向かい合って座ると、清之助は切り出した。

「何か誤解をなさっているようなので、ご説明いたします。『大代屋』さんに立退きを迫っているとおっしゃいましたが、私は『大代屋』さんのためを思ってやっているのです」

「『大代屋』のため？」

「ええ、あの場所では、これからは商売が出来ません。住人もいなくなっていますし」

「おまえさんが追い出したのだろう」

長兵衛は厳しく言う。

「とんでもない。あそこの住人はみな自分から引っ越していったんです」

「そのように仕向けたのだ」

「それは見方の相違でしょう。追い出されたという苦情なり訴えは、奉行所に届いているのでしょうか」

薄笑いを浮かべ、

「それはないはずです」

と、口にする。

「『大代屋』さんはあのままあそこで商売を続けても、いずれやっていけなくなります。だったら、立退き料をもらってよその土地に行ったほうが得なはず。私は、なるべく高く立退き料をもらえるようにして差し上げたいと思っているのですよ」

清之助はいけしゃあしゃあと言う。

「立退き料は誰が払うのだ？」

「ある商家のご主人です」

「誰だ？」

「知りません」

「知らないだと？」

長兵衛は相手を睨み付ける。

「知らない相手の言うままに、松坂町の立退きに励んでいるのか」

「間に旗本寄合席三千石の赤塚主水さまがいらっしゃいますので」

「おまえさんと赤塚主水さまとの関係は？」

「以前に作事奉行だったお方からご紹介をいただきました」

「なんのために？」

「まあ、いろいろと」

清之助は涼しい顔で言う。

「今回、立退きの件で、赤塚さまがある商家の主人をおまえさんに引き合わせたのか」

「はい」

「だったら、名前は聞いているだろうよ」

「いいえ。教えてくださいませんでした」

「顔は見ているな」

「見ていません。いつも頭巾をかぶっていらっしゃいましたから」

「名も顔も隠した男の指示に従っているというわけか」

「ですから、赤塚さまが間にいらっしゃいますから」

清之助は堂々と言う。

「いったい、なぜ、その商家の主人は姿を隠すのだ？　立ち退いた場所に、よほどやばいものでも建てるのではないだろうな」

「立退きが済めば、顔を出すでしょう。今はまだ、立退きがうまくいくかどうかわかりません、なにしろ、長兵衛親分のような邪魔をする方がいるんですから」

「俺は邪魔者か」

「はい」

清之助ははっきり言った。

「ところで、どうして『寺田屋』からひとを借りた？」

長兵衛は話を変えた。

「松坂町の見守りのためです。空き家に食いっぱぐれ者が入り込んだりしないために」

「なぜ、『寺田屋』からだ？」

「人手が欲しければ口入れ屋に頼むでしょう」

「口入れ屋ならこの近く、永代橋門前仲町《えいたいばしもんぜんなかちょう》にもあるが。なぜ、佐賀町の『寺田屋』なんだ」

長兵衛は鋭くきき、

「ひょっとして、『寺田屋』を選んだのも赤塚さまの指示かえ？」

と、付け加えた。

「たまたまですよ」

清之助は微《かす》かに目を逸らし、

「そろそろ、よろしいですか。出かける用があるのですが」

「そうか、引き上げよう」

長兵衛は腰を上げた。

「そうそう、三日後に立退きの返事を聞きに行くそうだが、例の商家の主人の名前を教えてもらわない限り、返事はしないようにと『大代屋』に言っておく。そのつもりで」

清之助は鋭い目で睨み付けてきた。

「邪魔したな」

長兵衛は客間を勝手に出ていった。

長兵衛と勝五郎は仙台堀《せんだいぼり》に出て海辺橋《うみべばし》を渡り、高橋を渡って小名木川を越えた。

「親分、どうやら尾《つ》けられているようですね」

勝五郎が言う。

「うむ。浪人のようだ。三人か」

「吉五郎兄貴が言っていた浪人でしょうか」

「おそらくな」

長兵衛は言い、

「人気《ひとけ》のないところに誘い込む」

「はい」

昼下がりで、ひと通りは多い。

北森下町《きたもりしたちょう》を過ぎ、五間堀《ごけんぼり》にかかる弥勒寺橋を渡るとすぐに堀沿いに曲がり、弥勒寺の裏に足を向けた。

弥勒寺の塀が続き、堀の向こう側は武家屋敷だ。人気はない。

背後から殺気が迫ってきた。

「勝五郎、いいな」

「へい」

長兵衛と勝五郎は立ち止まって振り返った。

三人の浪人が近づいてきた。三人とも手拭いで頬かぶりしている。

「幡随院長兵衛と知ってのことだな」

長兵衛が声をかけた。

三人は黙って刀を抜いた。真ん中に長身で、顎の尖った男。左手に相撲取りのような巨漢、右手に小柄だが胸板の厚い男。いずれも剣に自信がありそうだった。

「どうやら、吉五郎が言っていた浪人のようだ。油断するな」

長兵衛は長脇差を抜く。

「へい」

勝五郎も長脇差を抜く。

勝五郎こと大前田栄五郎は上州の博徒の倅であり、実戦での命のやりとりを何度も経験してきている男だ。喧嘩剣法だが、腕っぷしは強く、度胸があって、並の侍は敵《かな》わないだろう。

巨漢が長兵衛目掛けて剣を振りおろしてきた。長兵衛は身を翻し、風を切って迫ってきた剣を避けた。

小柄な男が勝五郎に斬りつける。勝五郎が右に跳びながら素早く相手に横から斬りかかると、相手はあわてて飛び退いた。

巨漢がまたも大上段から剣を振りおろしてきた。長兵衛は素早く相手の胸元に刃先を向けて飛び込んだ。相手は体を反転させてその刃先から逃れようとした。体勢が崩れたところに、長兵衛は足払いをかけた。巨漢が音を立てて倒れた。が、すぐ起き上がろうとする。

「親分っ」

勝五郎が叫んだ。

背後から長身の男が斬り込んできた。長兵衛は振り返りながら、相手の剣を受け止めた。鍔迫《つばぜ》り合《あ》いになって、長兵衛は頰かぶりの奥の顔を覗いた。頰がこけて頰骨が突き出ている。

相手の剣を押し返しながら、長兵衛は問い詰める。

「誰に頼まれた？」

「………」

相手は無言のまま踏ん張っている。

そのとき、駆けてくる足音がした。

相手は強い力で押し返すと、さっと剣を引いて跳び下がった。

「退《ひ》け」

長身の男が叫んだ。

勝五郎がやりあっていた小柄な男が剣を引いた。巨漢も長身の男のあとを追って武家屋敷地のほうに逃げていった。

「親分、弥八が」

勝五郎が叫ぶ。

どうやら、弥八が弥勒寺の裏門から出てきたようだ。浪人たちを尾けていく。

同心と岡っ引きが駆けつけてきた。

「今、争っていたようだが」

同心が長兵衛にきいた。

「ええ。頰かぶりをした浪人が三人」

そのとき、同心ははっと気づいたように、

「失礼ですが、ひょっとして花川戸の幡随院長兵衛どのでは？」

と、目を見開いた。

「ええ、長兵衛です」

「そうですか。私は南町の葉田誠一郎と申す」

「あなたが葉田さまですか。河下さまからお話に聞いています」

「私のほうこそ、河下さんからいろいろ助言をいただいていると聞いています」

葉田は少し気まずそうな顔になる。河下と示し合わせて、長兵衛を利用しようとしていることへの後ろめたさか。

「今の浪人たちは松坂町の立退きの件と関わりがありそうですか」

葉田がきいた。

「おそらく。花川戸からずっと付け狙っていたようです」

「あっしは葉田の旦那から手札をいただいている又蔵と申します」

岡っ引きが挨拶し、

「今の浪人について、あっしのほうでも調べてみます。何か特徴はありますか」

「ひとりは長身で、頬がこけて頬骨が突き出て、長い顎をしていました。もうひとりは相撲取りのような巨漢で、あとひとりは小柄ですが厚い胸板をしていました」

長兵衛は説明したが、弥八があとを尾けていったことは口にしなかった。

「誰かに雇われたのだとしたら、『寺田屋』を通してかもしれません。まず、『寺田屋』から当たってみます」

又蔵は意気込む。

皆で、弥勒寺の門前まで戻った。

「では、我らは『寺田屋』に行ってみますので」

葉田が声をかけた。

「そうそう、六助のほうはまだ動きはありませんか」

長兵衛はきいた。

「ええ、奉行所の小者に見張らせていますが。北十間川のもやい船や橋場のお京が埋められていた場所など、特に動きはありません」

葉田は続け、

「それから、長兵衛どのに助言いただいたように、赤塚主水の屋敷を出入りする商人も見張っていますが、まだ気になる商人は見つかりません」

「そうですか」

長兵衛は応じ、

「その商人ですが、あっしは堅気の商売人ではないように思っています」

「堅気ではない？」

「立ち退いたあとに、何が出来るか。黒幕、影の商人を隠していることを考えれば、おっぴらには出来ないものでしょう。考えられるのは、賭場か女郎屋。しかし、表向きは料理屋。あっしはそんなところだと睨んでいます」

「なるほど。そのことも頭に入れて、赤塚主水の屋敷を見張ってみます」

葉田は素直に聞き入れた。

長兵衛と勝五郎は葉田たちと別れ、本所を縦断して花川戸に戻った。

『幡随院』に帰ると、吉五郎が迎えた。

「お帰りなさい」

「吉五郎の言うとおりになった。浪人者に襲われた」

「そうですか」

吉五郎は険しい顔で頷いた。

そのときの状況を説明し、

「同心が駆けつけたので浪人はあわてて逃げていったが、弥八があとを尾けていった」

と話したあとで、長兵衛がきいた。

「吉五郎が弥八を？」

「へえ、浪人者に襲われても親分は蹴散らすでしょう。取り押さえても、浪人は口を割らない。それより、浪人のあとを追って、素姓を調べたほうがいいと思いまして、弥八にあとを尾けるように言いました。よけいな真似をしてしまいましたか？」

吉五郎が窺うようにきいた。

「いや、上出来だ」

弥八が戻ってきたのは夜になってからだった。

「親分、弥八が帰ってきました」

襖の外で吉五郎が声をかけた。

「入れ」

吉五郎と弥八が入ってきた。

「弥八、ごくろうだった」

「へい」

弥八は軽く頭を下げ、

「あの浪人は吉原に入っていきました」

と、口にした。

「吉原？」

「はい。あのあと、大回りをして本所に出て、横川に沿って業平橋《なりひらばし》に出ると吾妻橋に向かいました。三人ともいっしょです。それから、浅草寺《せんそうじ》を突っ切り、浅草田圃《あさくさたんぼ》に出て吉原に。ちょうど、暮六つ（午後六時）で夜見世《よみせ》がはじまり、人出が多く、見失ってしまいました。すみません」

弥八は頭を下げた。

「いや、吉原とは意外だった」

「襲撃に失敗したけど、金が入ったので遊ぶつもりだったんでしょうか」

と、吉五郎も首を傾げる。

「これから、また吉原に行き、大門《おおもん》の前で浪人たちが引き上げるのを待ちます」

弥八が腰を上げかけた。

「いや、いい。そこまでわかれば上等だ」

長兵衛は引き止めた。

「でも」

「奴らは泊まるかもしれない。今日はもういいから、飯を食ってゆっくり休め」

長兵衛は弥八をいたわった。

「へい」

「じゃあ、親分」

吉五郎は弥八とともに居間を出ていった。

「吉原か」

長兵衛は呟く。

襲撃に失敗したが、真剣を交えて渡り合った興奮を鎮めるために、女が欲しくなったのか。長兵衛は首をひねった。

ひとりならそういうこともあるかもしれないが、三人が三人とも女が欲しくなるだろうか。

ひょっとして、中に住まいでもあるのでは……。

長兵衛はそんな気がし、妓楼『華屋』の増蔵に浪人者のことをきいてみようかと考えた。

第四章

影の商人

一

翌日、又蔵は手下を伴って佐賀町の『寺田屋』の暖簾をくぐった。

番頭の伊三郎が出てきて、

「昨日の件、よく調べましたが、やはりいませんでした」

と、挨拶もしないうちから口にした。

「間違いないな」

又蔵は念を押した。

昨日、幡随院長兵衛を襲った三人の浪人についてききに来たのだ。だが、心当たりがないということだった。

そこで、以前に仕事を求めてやってきたかもしれないので、過去の台帳を調べてもらった。その結果を聞きに来たのだ。

「長身で頬骨の突き出た浪人は半年前に、ある商家に用心棒として世話をしたことがありますが、顎は丸かったです。その他、一年前に巨漢の浪人を世話したことがありますが、お話の浪人ではありませんでした」

伊三郎は答える。

「ずいぶん前に来た浪人の特徴をよく覚えているな」

又蔵は不思議に思ってきいた。

「じつは、浪人の客については特徴をひそかに台帳に書き入れてあるんです。一度、用心棒として世話をした浪人とは別人が、依頼主のところに行ったことがあるんです」

「ほう、そんなことがあったのか。それにしても、なぜ、別人が？」

「用心棒の口をあてがわれたあと、他に実入りのいい仕事が見つかったそうです。それで、知り合いの浪人に用心棒を。ところが、いざというときに、その浪人は用心棒の役を果たせなかったんです」

伊三郎は苦笑し、

「依頼主から文句を言われたんですが、聞いてみたら別人だってわかったんです。それからは、いちおう特徴は控えておこうと思いましてね」

「なるほど」

「そういうわけですから、浪人については厳しく調べています。うちには来ていません」

伊三郎はきっぱりと言い、

「親分さん、その三人の浪人は何をやらかしたんですね」

と、きいた。

「いや、たいしたことではない」

又蔵は首を振り、

「邪魔した」

と、声をかけて引き上げた。

長兵衛を襲った浪人は『寺田屋』からではない。『槇田屋』が長兵衛殺しを考えるとは思えないが、念のために確かめてみようと、木場に向かいかけた。

前方から空駕籠《からかご》がやってきた。

すれ違ったあと、振り返ると、駕籠は『寺田屋』の前に停まった。

又蔵が見ていると、店から羽織姿の恰幅《かっぷく》のよい男が出てきて乗り込んだ。いかつい顔は『寺田屋』の主人に違いない。

ほとんど伊三郎に任せきりで、店には顔を出さない。

やがて、駕籠が動いた。

又蔵は『槇田屋』に向かった。

『槇田屋』に着いて、番頭にきくと、主人の清之助は出かけたばかりだと言う。

「行き先は？」

「さあ。聞いておりません」

即座に返事があった。

嘘だと、又蔵は思った。言わないように厳命されているのだろう。

ふと、『寺田屋』の主人も駕籠で出かけたことを思いだした。

「駕籠で出かけたのかえ」

又蔵はきいた。

「いえ、歩いてです」

番頭は答える。

「わかった。また、出直す」

駕籠でないとすると……。又蔵は仙台堀にある船宿に行き、女将にきいた。

「『槇田屋』の旦那が来なかったかえ」

「いらっしゃいました」

女将はあっさり答える。

「船に乗ったんだな。どこまでか、わかるか」

「…………」

「別にお調べじゃねえ、安心して話してくれ」

又蔵が言うと、女将は頷き、

「神田川の昌平橋《しょうへいばし》の先です」

と、答えた。

「ありがとうよ」

又蔵は逸る気持ちで、船宿を出た。

「いいか、葉田の旦那を見つけ、『槇田屋』と『寺田屋』の主人が赤塚主水の屋敷に行ったようだと伝えるんだ。俺も、駿河台に向かう」

又蔵は手下に命じて、大川のほうに向かった。


半刻（一時間）余り後、駿河台の赤塚主水の屋敷が見える場所に着いた。

又蔵の手下のひとりが松の樹《き》の陰にいた。

「親分」

「『槇田屋』の清之助は来たか」

「来ました。それから、駕籠が着いて恰幅のよい男が門を入っていきました」

「『寺田屋』の主人だ」

「あの男が……」

手下が言う。

「他に誰か来たか」

又蔵はきいた。

「ええ、羽織姿の大柄な男が入っていきました」

「よし。その男が影の商人かもしれねえな」

又蔵は勇躍して言い、

「いいか、その男が出てきたら、あとを尾けるんだ」

「わかりやした」

「話し合いはしばらくかかるだろうぜ」

侍が坂のほうからやってきた。こっちに目を向けたが、そのまま先に進んだ。気にした様子はなかった。赤塚主水の屋敷の前も素通りした。

それから四半刻（三十分）ほどして、葉田と手下が駆けつけてきた。

「どうだ？」

葉田がきいた。

「『槇田屋』と『寺田屋』の主人が入り、それから、羽織姿の大柄な男が入っていったそうです。影の商人じゃありませんかね」

又蔵は答え、

「その男のあとを尾けるつもりです」

「よし。その男が何者かわかれば、何をしようとしているか想像はつく」

葉田が応じた。

弱い陽射《ひざ》しが当たっているが、風はひんやりしていた。

さらに四半刻ほどして、赤塚主水の屋敷から『槇田屋』と『寺田屋』の主人がいっしょに出てきた。

話し合いは終わったようだ。ふたりは坂を下っていく。

まだ、例の大柄な男は出てこない。

「赤塚主水とふたりでの話し合いがあるのだろうか」

葉田は呟いた。さらに四半刻近く待ったが出てこない。

「おかしいな」

「まさか」

又蔵もはっとし、

「あの男だけ裏門から出ていったのでは」

「裏門を見てきます」

手下が駆けていった。

「『槇田屋』か『寺田屋』のいずれかが、ここに隠れている我々に気づき、赤塚主水に知らせたのかもしれぬな」

「へえ」

又蔵は歯嚙みをした。

手下が戻ってきた。

「大柄な男の姿はありませんでしたが、裏門から侍が入っていきました」

「その侍がおそらく不審な者がいないかを調べ、安全なところまで送り届けたのかもしれない」

葉田は腹立たしげに言う。

「まさか、裏門まで考えませんでした」

又蔵は悔やんだ。

「仕方ない。また次の機会を待つしかない」

葉田は言ったが、警戒されては、もはや見張りも難しくなった。

止むなく、全員撤収した。


その頃、河下のほうにも動きがあった。

北十間川のもやい船が今朝方、なくなっていたのだ。近くの百姓家の納屋を借りて、奉行所の小者がふたり交代で見張っていたが、未明に油断し、ともに納屋で寝てしまったという。

河下は無理もないと思った。ふたりだけで川船を一昼夜見張っているなど、もともと無理なのだ。

これが本格的な探索なら人手を割いてもらえるが、ひそかな調べなのでそうはいかなかった。

「漕いでいったのは、『寺田屋』にいる漁師風の男に違いない。その男を捜すより、夜鷹のお京が埋められていた場所を見張るんだ」

六助の亡骸を掘り起こして埋め直すはずだ。これは長兵衛の考えだが、あの場所で待っていれば必ずやってくる。

「今夜、手の空いている者を橋場のあの場所に近い寺に集めるのだ」

河下は岡っ引きの勘助に命じた。

その夜、河下はその寺に行った。葉田誠一郎と又蔵も駆けつけていた。

夜も更けて風は冷たく、肌寒くなった。

いよいよ九つ（午前零時）になろうとした頃、橋場の船着場を見張っていた小者が山門を抜けて駆け込んできた。

「船着場から菰《こも》に包んだものを担いで、こっちに向かっています」

万が一、橋場の別の場所に向かうことも考えて見張らせていたが、やはりこっちにやってきた。

「よし」

河下は下腹に力を込めた。

裏口から静かに出る。雑木林の中に入り、樹の陰に隠れて様子を窺っていると、草木を踏む足音が近づいてくるのがわかった。

やがて、数人の男が現れた。ふたりが菰で丸めた長い荷物を担ぎ、他の者は鋤《すき》や鍬《くわ》などを持っている。

長い荷物を樹の根元に置き、穴を掘りはじめた。

葉田と又蔵が男たちの背後にまわったのを確かめ、河下は飛び出した。小者たちは提灯をかざす。

「おまえたち、何をしているんだ。神妙にしろ」

河下が声をかける。

男たちはあわてた。全部で五人いた。中のひとりはたくましい体をしている。漁師だった男かもしれない。だが、顔は暗くてわからない。

「これはなんだ?」

葉田が菰に巻かれたものを指差した。

男たちは黙っている。葉田が刀を抜き、菰を巻いている縄を切った。又蔵が菰をめくった。

中から男の死体が現れ、河下たちの注意がそこに向かった。

その間隙を突いて、男のひとりが提灯を持っていた小者に向かって突進していった。小者が飛ばされ、提灯が落ちて地べたで燃え上がった。

もうひとりの男もあとに続いた。

河下はあとを追った。

しかし、浅茅ヶ原の木立の中に逃げ込まれてしまった。漆黒の闇だ。あとから来た小者が提灯を持っていたが、明かりは遠くまで届かない。物音がするほうに足を向けたが、もはや見つけるのは困難だった。

河下は元の場所に戻った。

又蔵が三人の男を縛り上げていた。三人とも野良着姿だ。百姓に化けていたか。

河下は、亡骸の前に立っている葉田に近づき、

「逃げられた」

と、無念そうに言った。

「そうか」

葉田は困惑したように呟く。

「葉田さん。どうした?」

河下は訝ってきいた。

「六助ではない」

「なに？　六助ではない？」

思わず、きき返した。

提灯の明かりで亡骸を見る。こっちの見立てでは、六助はとうに殺されていて、どこかに埋められていたはずなのだ。しかし、亡骸はまだ死んで一日ぐらいしか経過していないようだった。

心ノ臓に傷があった。匕首で刺されたようだ。

又蔵がそばに来て、

「あっしと葉田の旦那は六助に会ってます。六助は細身の小柄な男でした」

「誰なんだ、この男は？」

「わかりません」

「あの連中は？」

「知らないようです」

「知らない？」

河下は耳を疑った。

「ええ。自身番で改めて問い質しますが、あの三人は小梅村《こうめむら》の百姓で、逃げたふたりから穴掘りを頼まれただけだと訴えています」

河下は茫然《ぼうぜん》とした。

二

翌日、長兵衛が帳場格子の中で台帳を調べていると、

「親分、河下の旦那がやってきますぜ」

吾平が土間に入ってきた。

長兵衛が台帳を閉じると、ちょうど河下が戸口に現れた。冴《さ》えない表情をしている。

長兵衛は客間に通した。

「河下さま。何かあったんですかえ」

「うむ」

河下は顔をしかめ、

「昨日の早朝に川船が盗まれ、深夜、橋場の例の場所に五人の男が菰に包んだ亡骸を埋めに来た。ここまではこっちの想像どおりだったのだが……」

「亡骸は六助ではなかったのですね」

長兵衛は口を入れた。

「そうだ」

「やはり、六助は生きているんですよ。芝木甚兵衛やその仲間の屋敷に亡骸を隠してお

く余地はなかったと思います」

長兵衛は言い切った。

六助はまだ生きている。どこかで身を潜めているのだろう。

「で、殺されたのは誰なんですか」

「まだ、わからない」

「斬られていたのですか」

「いや。匕首で心ノ臓を刺されていた」

「匕首ですか」

「五人のうち、ふたりに逃げられた。ひとりはたくましい体の男だった。船を漕いできた男に違いない。もうひとりも、大柄だった」

「『寺田屋』にいた男ですね」

「そうだと思うが、証はない」

河下は口惜しそうに言う。

「船は？」

「橋場の船着場にもやってあった。ふたりは陸《おか》を逃げたのだ」

「その船は北十間川から盗んできたものですね」

「それに間違いないだろう」

「船もそれを漕いでいた男も、お京の場合と似てますね。それにお京を埋めた場所に運んできたのですから、やはり同じ連中でしょう。もしかしたら、お京殺しとも何らかの関わりがあるかもしれませんね」

「芝木甚兵衛が絡んでいると？」

「ええ、十分に考えられますぜ」

長兵衛は推測を言い、

「捕まえた三人から何かわからなかったんですか」

と、きいた。

「金に目が眩《くら》んで穴掘りを引き受けた小梅村の百姓だ。三人は犬の死骸を埋めるということで誘われたと言っているが、ある程度は承知していたと思う。だが、事情は何も知らない」

「そうですか」

「せっかく、追い詰めたというのに無念だ」

河下はさらに、

「葉田さんのほうも、あと一歩のところで、影の商人を見失った」

と、赤塚主水の屋敷での顛末《てんまつ》を話した。

「そうですか。それは残念でした」

長兵衛は言ったあとで、

「それだけ隠そうとしているのは、その商人の素姓がわかれば、立退きの真の狙いがわかってしまうからでしょう。真の狙いを知られたくないのは、かなり問題のある建物を造る予定だからでしょう」

「葉田さんからきいたが、長兵衛は賭場か女郎屋だと思っているそうだが」

「ええ、表向きは料理屋か旅籠《はたご》。だが奥に賭場があり、女郎とも遊べる。そんなところを想像しているのですがね」

言ったあと長兵衛は首を傾げ、

「ただ、あの場所にそんなものを造って、客が寄ってくるのか……」

と、疑問を口にした。

「確かに、商売として成り立つとは思えぬな。大々的に宣伝すればいいが、そんなことは出来まい」

河下も腕組みをした。

「やはり、影の商人の正体を暴かないとはじまらないが、しばらく赤塚主水の屋敷に集まることはないだろう」

「そうですね」

相手はいっそう警戒するだろうと、長兵衛も思った。

「そうだ。岡っ引きの又蔵から言づかったのだが、長兵衛を襲った浪人は『寺田屋』の手配ではないようだ」

「そうですか。すると、赤塚主水か影の商人あたりですね」

長兵衛は目を細め、

「思い切って、赤塚主水に当たってみますか」

「ばかを言うな。奉行所の同心では相手にしてもらえぬ。ましてや、長兵衛が会えるような相手ではない」

河下は呆れたように言う。

「まっとうには会えないでしょうね」

長兵衛は言い、

「河下さま。赤塚主水についてどんな噂でもいいですから、集めてきてもらえませんか」

「噂を聞いて、どうするのだ？」

「そこに付け入る隙が見つかればと思いましてね」

「付け入る隙？」

「もし、あっしを狙った浪人の雇い主が赤塚主水なら、こっちは堂々と会いに行けますからね」

「ばかな、相手は旗本だぞ」

「旗本だからってなんですね。非道をしていれば、単に悪人に過ぎません。悪人に会うのに引け目などありませんや」

長兵衛は言い切る。

「そうか。わかった。赤塚主水の噂を集めてみる」

「お願いします」

頭を下げて、

「六助はどこかに隠れている公算が大きいと思います。生きているという前提で、六助を捜してください」

「わかった」

河下を見送ったあと、長兵衛は外出の支度をした。

「どちらに？」

お蝶がきく。

「吉原だ」

「まあ」

目を見開く。

「勘違いするんじゃねえ。弥八を連れていく。『華屋』の増蔵さんに会いに行くんだ」

「わかっていますよ。おまえさんが私以外の女子《おなご》なんかに目をくれないことは」

お蝶は自信に満ちた笑みを浮かべた。

長兵衛は苦笑して、お蝶に羽織を着せ掛けてもらった。


長兵衛は弥八を伴い、黒塗りの冠木門《かぶきもん》である吉原大門をくぐった。朝四つ（午前十時）過ぎていた。昼見世《ひるみせ》がはじまるまで一刻（二時間）ほどある。

大門を入って左手に面番所《めんばんしょ》があり、奉行所の隠密同心が詰めている。不審な者の出入りを見張っているが、例の三人の浪人が不審な者に見えたかどうか。

長兵衛がきいても教えてくれないだろうから、面番所で確かめるのはあとで河下に頼んでもいいと思い、長兵衛は先を急いだ。

仲之町《なかのまち》通りから江戸町《えどちよう》一丁目の木戸門をくぐり、そこを突っ切って裏手に出た。江戸町一丁目から一番奥の水道尻のそばの京町一丁目までのお歯黒《はぐろ》どぶ沿いは西河岸と呼ばれ、安女郎のいる河岸見世《かしみせ》が並んでいる。また、長屋になっている切見世《きりみせ》というさらに安い女郎屋もあった。

浪人がまっとうな遊廓《ゆうかく》に上がれるとは思えず、まず西河岸に足を向けた。今は閑散としている。

長兵衛は適当に河岸見世に入り、出てきた若い衆に三人組の浪人のことをきいた。

「知らねえな」

若い衆は突慳貪に言う。

「そうか。俺は花川戸の幡随院長兵衛というものだ。もし、そんな浪人を見かけたら、長兵衛が捜していたと伝えてくれ」

「幡随院長兵衛……」

「頼んだぜ」

長兵衛は主立った見世に顔を出して、同じことをきいた。

反対側の京町二丁目から江戸町二丁目までのお歯黒どぶ沿いは羅生門河岸と呼ばれて、同じように河岸見世が並んでいる。

こっちでも目についた見世に入り、浪人のことをきく。

「知らねえな」

答えは同じだ。従って長兵衛の台詞も同じになる。

「そうか。俺は花川戸の幡随院長兵衛というものだ。もし、そんな浪人を見かけたら、長兵衛が捜していたと伝えてくれ」

長兵衛は河岸をまわって通りに出た。

「親分、いってえ何をしているんで？」

弥八が不思議そうな顔をする。

「浪人たちはよもや弥八に尾けられていたなんて思ってもいまい。俺が捜し回っているという噂が耳に入れば、あわてるだろう。あぶり出すのだ」

「でも、奴らは一遍こっきりだったかもしれませんぜ」

弥八が疑問を投げかけた。

「俺を襲って失敗したあとに、三人揃ってまっすぐ吉原に遊びに行くとは思えねえ」

長兵衛は言い、

「おそらく、首尾を知らせに行ったのではないかと睨んでいる」

「首尾を知らせに、ですか。じゃあ、命じた者が吉原の中にいると？」

「そうだ。俺があちこちで名乗っていけば、浪人を雇った者の耳に入るかもしれねえと思ってな」

「また、襲わせようと？」

弥八が目を丸くする。

「そういうことだ」

長兵衛は江戸町一丁目の木戸門を再びくぐった。

「親分。今度はどこに？」

「『華屋』だ」

『華屋』は中見世《なかみせ》で、表通りに面して半籬《はんまがき》の張見世《はりみせ》がある。格子の内側に部屋があり、ここに遊女が並んで、客は格子の外から女たちの品定めをするのだ。

昼見世がはじまるまでまだ間があり、張見世には誰もいない。

長兵衛は張見世の横にある入口から中に入った。まだ暖簾はかかっていない。

広々とした土間と台所が見える。階段も幅が広い。

若い衆が出てきた。

「花川戸の幡随院長兵衛だ。ご主人を頼む」

長兵衛は声をかける。

若い衆はすぐ横にある内証《ないしょ》に行った。

すぐ戻ってきて、

「どうぞ、こちらに」

と、誘《いざな》った。

長兵衛は内証に向かった。楼主と女将がいる部屋だ。

「これは長兵衛親分。どうぞ、お上がりを」

大柄な増蔵が長火鉢の前に座って声をかけた。

「失礼します」

長脇差を腰から外して部屋に上がった。弥八も続く。

「『華屋』さん、すみません。これから忙しくなろうというときに」

長兵衛は向かいに腰を下ろして詫びる。

「かまやしませんよ。で、何か」

「ちょっとご相談が」

「これは珍しいことで。どんなことでしょう」

増蔵はにこやかな顔を向ける。

「三人組の浪人を捜しています」

「三人組の浪人?」

増蔵は顔色を変え、

「それは何者なんですか」

「一昨日《おととい》、深川でその三人に襲われました」

「なんと」

「ひとりは長身で、頬がこけて頬骨が突き出て、長い顎。ひとりは相撲取りのような巨漢で、あとひとりは小柄ですが厚い胸板をしていました」

「でも、どうしてその浪人が吉原にいると思われたのですか」

「じつは、ここにいる弥八が三人のあとを尾けたのです」

「尾けた……」

増蔵は弥八の顔を見つめた。

「へえ、三人は浅草田圃から日本堤《にほんづつみ》に出て、吉原に行きました。あっしは大門を入ったところで見失ってしまいましたが」

「そうでしたか」

増蔵は首をひねり、

「でも、遊びに来ただけなら、朝には引き上げたのかもしれません。今も、吉原にいるとは考えられませんが」

「ええ、いないでしょう」

長兵衛はあっさり認め、

「でもしかし……」

と、間をとった。

「あっしを狙って失敗したあとに呑気に吉原に遊びに来たとは思えないんですよ」

「と、おっしゃると？」

「雇い主に結果を知らせに来たのだと思います」

「……」

「まあ、そのついでに遊んでいったかはわかりませんが」

「失敗したことを知らせにですか」

「ええ、雇い主は結果がどうであろうと知らせるようにと命じていたか、あるいは残金を取りに来たのかもしれません。まあ、失敗したのですから、減らされているでしょうが」

「雇い主にしたら、失敗したのに残金を払うでしょうか」

増蔵は疑問を口にした。

「たとえば浪人が、約束通りに金をもらえなければ、雇い主の名を長兵衛にバラすと脅したか……」

「うむ」

「あっしの目当ては、その雇い主をあぶり出すことなんです」

「長兵衛親分は雇い主が吉原にいると？」

「浪人を雇った者です。でも、その雇い主も、誰かに命じられてのことだと思いますがね」

「………」

「旦那。あっしは雇い主は河岸見世にいるんじゃないかと睨んでいます」

「河岸見世ですと？」

「ええ。河岸見世にはごろつきもよく遊びに来ます。浪人もいるでしょう。あっしを襲った浪人は河岸見世の客ではないかと」

「で、私に何を？」

「いえ、ただ、そういう状況だということを頭に入れておいていただきたいんです。万が一、雇い主が河岸見世の主人だったら、その者を捕まえて白状させなければなりません。吉原の顔役である旦那に事情を知っておいてもらったほうが何かといいかもしれません」

「そうですか、わかりました」

増蔵は応じ、

「で、このあと、どうなさるんで?」

「あっしの知り合いの同心の旦那と岡っ引きに頼み、面番所の役人の手を借りて、西河岸や羅生門河岸を聞き込んでもらいます。あの三人の特徴ですから、きっと誰かが見ていて覚えていると思います」

「なるほど」

「そろそろ、昼見世がはじまりますね。では、これで」

長兵衛は立ち上がった。

「どうですか、遊んでいきませんか」

増蔵がにやりとする。

「いえ、あっしは」

長兵衛は遠慮する。

「おかみさんには黙っていますよ」

「いえ。ところで『扇家』さんはもう代が替わったんですかえ」

「ええ、替わりました。妓楼の一切の権利を売って吉原を去っていきました」

「そうですか。『扇家』さんは今、どちらに？」

「根岸《ねぎし》に寮があるそうです。体調も思わしくないそうですから、そこで養生しながら余生を過ごすのでしょう」

「体もよくないのですか」

「ええ。『扇家』を手放さざるを得ない心労もあったのでしょう」

増蔵はしんみり言う。

「根岸ですね」

「会いに行かれますか？」

「ええ。見舞いに」

長兵衛は答えて内証を出た。

大門に向かうと、どんどん客が入ってくる。

「弥八、遊びたいだろう」

「いえ」

声が小さい。

「今の件が解決したら、吉五郎に連れて行ってもらえ」

「ほんとうですか」

うれしそうに笑う。

「正直な奴だ」

長兵衛は苦笑したが、一度、若い連中を連れて、吉原で遊ばせてやろうと思った。

それから、長兵衛は河下のもとを訪れ、自分を襲った三人の浪人が吉原に逃げ込んだ話をし、自分の想像を伝え、探索を頼んだ。

三

又蔵は葉田とともに、佐賀町の『寺田屋』の暖簾をくぐった。

「これは旦那に親分さん」

伊三郎が迎えた。

「ここに、色の浅黒いたくましい体つきの男がいたな。いつぞや見かけたことがある。呼んでもらえないか」

又蔵が切り出す。

「さあ。誰のことか」

伊三郎はわざとらしく首を傾げる。

「船が漕げる男だ。元漁師だろう」

「久米吉《くめきち》かも」

伊三郎は思いだしたように言い、

「久米吉がいったい何を？」

と、きいた。

「じつは橋場にひとの亡骸を埋めに来た連中がいたのだ。その中のひとりがその男に似ていたのでな」

「まさか。で、いつのことですかえ」

伊三郎は驚いたようにきく。

「一昨日の深夜だ」

「一昨日の夜なら久米吉はあっしといっしょでした」

「いっしょだと？」

「はい。小普請組の芝木甚兵衛さまのお屋敷に呼ばれ、そこでお酒を御馳走《ごちそう》になりました」

「芝木甚兵衛だと？」

又蔵は思わず顔をしかめた。

「はい。六助に代わって手配した下男のことで」

「また、芝木甚兵衛の屋敷の奉公に堪えられなくなったのか」

「いえ、そうじゃありません。よく働いてくれていると、お褒めに与《あずか》りました」

「ともかく、久米吉を呼んでもらおう」

　葉田が命じた。

「わかりました」

　伊三郎は若い男に久米吉を呼んでくるように言った。

　若い男は奥に行ったが、ほどなく戻ってきた。色の浅黒いたくましい体つきの男といっしょだった。

「久米吉か」

　又蔵は確かめる。

「さいです」

「一昨日の夜、どこにいた？」

　又蔵はいきなりきいた。

「へえ、番頭さんといっしょに本所南割下水の芝木さまのお屋敷に。お酒を振る舞われて、四つ（午後十時）過ぎに引き上げました」

　伊三郎と話を合わせていると、又蔵は思った。

「一昨日の早朝は、どこにいた？」

葉田がきいた。

「一昨日の早朝ですか。ここで寝てましたけど」

「北十間川で、おまえに似た男が船を漕いでいたのを見た者がいるのだが」

葉田は鎌をかけた。

「あっしじゃありませんぜ」

久米吉はしらじらしく言う。

「一昨日の夜のことなら、芝木さまに確かめてくださいな」

「ほんとうのことを答えてくれるとは思えねえからな」

又蔵は吐き捨てるように言う。

「『寺田屋』の若い者で、最近いなくなった男はいないか」

葉田がきいた。

「いえ、おりませんが」

伊三郎は平然と答える。

「ところで、六助の行方はわかったのか」

「いえ。江戸に居場所はないので、国に帰ったのではありませんか」

伊三郎は澄ました顔で言う。

「捜さないのか」

「見つからないので諦めました。そんなことに労力を割いても仕方ありませんからね」

「芝木甚兵衛さまは怒っていないのか。自分のところから逃げだした男だ」

「代わりの下男がしっかり働いてくれているので、そのことはもうよろしいそうです」

又蔵は葉田と顔を見合わせ、

「邪魔をした」

と、踵を返した。

「旦那。橋場で見た男は久米吉ですぜ。間違いない」

又蔵は呻《うめ》くように言う。

「だが、芝木甚兵衛と口裏を合わせているとなると、やっかいだ。芝木甚兵衛が嘘をついていると問い詰めることは出来ない」

「またしても芝木甚兵衛ですか。まったく芝木甚兵衛にいつも邪魔をされますね」

又蔵が忌ま忌ましげに言う。

「待てよ。なぜ、芝木甚兵衛が久米吉を庇《かば》おうとするのだ？」

葉田が疑問を口にした。

「あの死人、芝木甚兵衛とも関わりがあるのではないか」

「でも、刀傷じゃありません。匕首で刺されていますぜ」

「うむ。だが、芝木甚兵衛絡みで、ちょっと気になる男を思いだした」

葉田が目を剝いて言う。

「誰です?」

「ともかく、本所吉田町だ」

葉田が急ぎ足になった。又蔵も並ぶようにして吉田町に向かった。

河下は葉田から知らせを受け、奉行所の裏庭にある死体置き場で待っていた。

やがて、本所吉田町から夜鷹の世話をしている妓夫のひとりが、葉田と又蔵とともにやってきた。

河下が莚をめくり、妓夫に見せた。

若い妓夫はうっと呻き、もう一度亡骸の顔を見て、

「間違いありません。お京の亭主です」

殺されたのはお京の亭主だったのか、と河下は思った。

「一昨々日《さきおととい》の夕方から姿が見えなくなっていました」

若い妓夫は無念そうに言う。

「何があったのだと思う?」

河下はきいた。

「お京さんの亡骸が見つかってからずっと様子がおかしかったんです。たぶん」

「たぶん、なんだ？」

「仇《かたき》を討とうとしていたんじゃないかと」

「仇とは誰だ？」

「芝木甚兵衛です。お京さんは芝木甚兵衛に殺されたと思い込んでいました。奉行所が当てにならないから自分でやると言ってました」

「奉行所が当てにならないと言っていたか」

「旦那、今度こそ、下手人をとっ捕まえてくださいな。底の底で生きているあっしたちにも五分《ごぶ》の魂ってもんがあります」

「わかった」

河下は自分の声に力がこもっていないことに気づいていた。

「もう連れて帰ってよろしいでしょうか」

「かまわない」

「では、仲間を連れて、改めて引き取りに参ります」

若い妓夫はいったん引き上げた。

「やっかいだな」

葉田が溜め息混じりに言う。

「ああ、殺したのはあのたくましい体つきの男だ」

河下は逃がした男に考えを及ばせた。

「久米吉だ。おそらく、芝木甚兵衛は自分を付け狙っている男の始末を、久米吉に頼んだのだ」

葉田が応じる。

「証がない。今度こそ下手人を捕まえるつもりでいたが……」

河下は忸怩《じくじ》たる思いで呟く。

今度は芝木甚兵衛が直接手を下したわけではないのだろう。久米吉にはお京の亭主を殺す理由はない。だが、芝木甚兵衛が久米吉に殺しを依頼したという証があるわけでもない。

穴掘りを頼まれた三人の百姓に声をかけたのは久米吉かもしれない。しかし、百姓に首実検させて久米吉だと言っても、久米吉が素直に認めるわけはなく、それより久米吉には芝木甚兵衛が付いている。ふたりの口裏合わせを打ち破るのは容易ではない。

河下は気落ちして思わず葉田の顔を見た。

葉田も厳しい顔をしていた。

「そうだ」

河下は思いだした。

「長兵衛を襲撃した浪人があのあと吉原に逃げ込んだそうだ。長兵衛は河岸見世の主が誰かの命を受けて三人を雇って襲わせたのではないかと言っている。その誰かこそ、影の商人ではないかと」

河下は長兵衛から聞いたことを話し、

「吉原の住人に聞き込みをし、その三人がどこの河岸見世に入っていったか調べて欲しいと頼まれた」

「そうか。よし、それは俺がやろう。俺と又蔵は遠くからだが、三人の浪人を見ている。体つきなら覚えている」

手詰まり状態から抜け出そうと、葉田は意気込んで見せた。

翌日の朝四つ過ぎ。又蔵は葉田といっしょに吉原大門をくぐった。

すぐ左手にある面番所に入り、葉田が奉行所から出張ってきている隠密同心に挨拶をし、事情を話した。

「わかった。この者に案内させる」

そう言い、面番所に詰めている岡っ引きと引き合わせた。房吉《ふさきち》と名乗った。

「捜している浪人の特徴はわかりますかえ」

房吉がきいた。

「へい、ひとりは長身で、顎の尖った男。そして相撲取りのような巨漢。もうひとりは小柄で胸板の厚い男です」

又蔵は長兵衛から聞いた特徴を口にした。

「確かに、その三人は四日前の暮六つ（午後六時）ごろ、大門を入ってきました。出ていったのは翌朝です」

面番所に詰めている同心や岡っ引きは、お尋ね者など不審な人物が吉原に出入りするのを常に見張っているのだ。

「そうですか。やはり一晩ここで過ごしたんですね」

又蔵は手応えを覚えた。

「浪人ですから河岸見世だと思いますが、その後は見てません」

「わかりました。その浪人たちがどこの見世に入ったか、知りたいんですが」

「河岸見世を一軒一軒当たりますか」

房吉が言う。

「じつは、その河岸見世の主人に雇われて幡随院長兵衛を襲ったかもしれないのだ。そうだとしたら、正直に答えないだろう」

葉田が説明する。

「そうですかえ。わかりました。特徴のある三人ですから必ず誰かが見ているはずです」

房吉は自信ありげに答え、

「じゃあ、行きますかえ」

と、声をかけた。

「旦那はどうなさいますか」

又蔵はきいた。

「俺はここで待っている。何かあったら、飛んでいく」

葉田は応じた。

又蔵と房吉は面番所を出た。

「羅生門河岸や西河岸には見廻りの男もいますし、すぐ見つかると思います」

江戸町二丁目の木戸門を入り、羅生門河岸に向かいながら、房吉が言う。

羅生門河岸に出て、河岸見世の前にいた若い衆に房吉が声をかけた。

「長身で、顎の尖った浪人。相撲取りのような巨漢の浪人。小柄で胸板の厚い浪人を見かけたことはないか」

「そのような体つきの浪人は見かけたことはありますが、どこの見世に入ったかはわかりませんね」

「わかった」

房吉は少し先の見世の前を掃除していた男に、同じようにきいた。

「巨漢の浪人は覚えています」

四角い顔の男はあっさり言う。

「ひとりだったか」

「いえ、ほかにふたりの浪人がいっしょでした」

「見かけたのはいつだ？」

「四、五日前だったと」

男は思いだすように言う。

「どこの見世に入ったか、わかるか」

「この先の『小春屋《こはるや》』です」

男は数軒先に目を向けた。

「わかった。ありがとうよ」

房吉は礼を言って、『小春屋』に向かった。

どの河岸見世も同じような造りだ。『小春屋』も二階家で、一階には小さな張見世もある。

又蔵と房吉は『小春屋』の前に立った。

「どうしますか、亭主に話をきいてみますかえ」

房吉が声をかけた。

「いや……」

又蔵はためらった。

亭主にきいても、知らないと答えるだろう。今はまだそれ以上に問い詰める材料を持ち合わせていない。

『小春屋』の前を行き過ぎる。

「『小春屋』の亭主はどんな男なんですね」

「伊勢蔵《いせぞう》と言い、もともとは浅草の地廻りだったようです。女将はもともと女郎で、その間夫《まぶ》だったのが伊勢蔵という話です」

房吉は説明した。

「地廻りか」

「ええ、地廻りがいつしか河岸見世の亭主になっていたってことです」

「なるほど」

京町二丁目を通って仲之町通りに出た。そこからまっすぐ大門に向かう。

昼見世がはじまるまで少し暇《いとま》があるが、大門のほうから客がやってきて、徐々に賑《にぎ》やかになってきた。

江戸町一丁目と二丁目の間に出た。右手は羅生門河岸に行くためにさっき入った江戸町二丁目の木戸門、左手は江戸町一丁目の木戸門だ。

何げなく、その左手の木戸門を入っていくひとの流れを見ていて、又蔵はおやっと思った。

又蔵がいきなり駆けだした。

木戸門を入り、江戸町一丁目の通りを見る。左右に、大見世から小見世まで、十数軒の遊廓が並んでいる。

男の姿はなかった。

「又蔵さん、どうなすった？」

房吉が追いついてきて声をかけた。

「今、木戸門を入っていった男……」

又蔵は呟いた。

「知っている男ですかえ」

「ええ、捜していた男に似てました。確かめようとして追ってきたのですが、消えちまった」

「客じゃないですね。遊廓の奉公人かも」

「奉公人……」

「遊廓を一軒一軒当たりますか」

「その前に、葉田の旦那に」

又蔵と房吉は面番所に戻った。

「どうだった?」

隠密同心と向かい合って話していた葉田が立ち上がった。

「わかりました。羅生門河岸にある『小春屋』という見世に上がっていました」

「『小春屋』か」

「房吉さんの話では、亭主は伊勢蔵と言い、もともとは浅草の地廻りだったということです」

「臭うな」

葉田は満足そうに頷いた。

「旦那、それより、六助に似た男を見かけました」

「六助だと」

葉田が目を見開き、

「間違いないか」

と、確かめた。

「あっしだけじゃ自信がないので旦那に確かめてもらおうと思いまして。江戸町一丁目の通りで見失いました。どこかの遊廓で働いているのではないかと」

「よし。案内しろ」

葉田は意気込んで面番所を出た。

もし、六助本人だったら、お京殺しで芝木甚兵衛を追い詰めることが出来るかもしれない。さらにお京の亭主殺しについても急展開となるだろう。

又蔵もその思いで江戸町一丁目に急いだ。

四

その頃、長兵衛はお蝶とともに根岸の里にやってきた。東叡山《とうえいざん》の麓に広がる田園地帯である。

商家の寮や妾宅《しょうたく》らしい住まいなどが多く、文人墨客なども多く住んでいる。

『扇家』の寮は音無川《おとなしがわ》沿いにあった。

長兵衛たちは『扇家』の寮の門を入った。庭で、箒《ほうき》を使っている年寄りがいたので、もし、と長兵衛は声をかけた。

「あっしは花川戸の幡随院長兵衛と申します。こちらに、『扇家』のご主人がいらっしゃるとお伺いして参りました」

「長兵衛親分さんですか」

下男らしい年寄りは応じ、

「おります。少々お待ちください」

と、庭木戸を押して庭に入っていった。

待つほどもなく、下男は戻ってきて、

「どうぞ」

と、招いた。

長兵衛とお蝶は庭木戸を抜けて、年寄りのあとについていった。

障子の開いた部屋が見え、そこから痩身の『扇家』の主人が顔を出していた。髪には白いものが目立ち、顔に小皺が目立った。

長兵衛とお蝶は庭先に立ち、

「『扇家』さん、お久しぶりでございます」

と、挨拶した。

「長兵衛さんにお蝶さん、よく来てくださった。さあ、上がって」

『扇家』はうれしそうに言う。

ふたりは沓脱《くつぬ》ぎから縁側に上がった。

部屋の中で、向かい合って改めて挨拶をした。

「『扇家』さん、驚きました」

長兵衛は正直に口にした。

「先日、『華屋』のご主人からお聞きしたのです」

「まあ、もう少し頑張ることも出来ましたが、体も壊して、後継ぎもいませんし」

旦那は寂しそうに言う。体も一回り小さくなったようだ。

「やはり、人気の花魁がいなくなったこともありますが……」

『扇家』は愚痴を言い、

「もはや伝統と格式にあぐらをかいていたんじゃだめなんですな。『華屋』さんは早《はよ》うに値を下げたり、いろいろ工夫をしておられましたが、私はそれが出来なかった」

「旦那の矜持ですね」

長兵衛が言う。

「矜持なんて邪魔でしかありませんでしたな」

「でも、それを貫かれた旦那は立派だったと思います」

お蝶がねぎらう。

「お蝶さん、ありがとう」

旦那は顔を綻ばせたが、すぐに真顔になって、

「吉原も変わっていきます。いや、変わらないといけないのでしょう。私らのような頭の古い者は去っていくしかない。これからは『華屋』さんのようになんでもやらない

と」

　最後は皮肉混じりに聞こえた。

「なんでもとおっしゃいますと？」

「『華屋』さんは、吉原を守っていこうというより、ご自分の商売を守りたいのでしょうね。商売人ですよ。ですから、まず儲《もう》けが先にあります」

「商売人ですか……」

「商売人なら儲けは一番大事ですが、それ以上に守っていかねばならないものがある。吉原という伝統……。おっといけない。そういう考えはもう古いと言ったそばから」

『扇家』は苦笑した。

「旦那は『華屋』さんをよくは思っていないのですか」

　長兵衛は驚いてきいた。

「いつぞや、寄合で『華屋』さんと話していて、冗談混じりでしたが、とんでもないことを言ってました。吉原で二年に一度くらいに大火事が起きてくれればとね」

「火事？」

「火事になって吉原が消失したら、仮宅《かりたく》が許されますからね」

「仮宅ですか」

「ええ、仮宅だとかなり稼げるんです」

吉原が火事で営業出来なくなると、妓楼が再建されるまで市中の家屋を借りて営業が許された。

町中に吉原の妓楼が出来る。だが、妓楼とは違い、豪壮な建物ではないので、高い揚げ代は取れない。また格式張った仕来《しきた》りも取り入れられない。客にとっては、安い揚げ代で吉原の花魁と遊ぶことが出来る。そのため、仮宅は繁盛するのだ。

「『華屋』さんは仮宅のほうが稼げると思っているようです。しかし、そういったことを考えるのは邪道です」

『扇家』は手厳しく言った。

「『華屋』さんは商売のほうはいかがですかね」

「お客さんはそこそこ来ているようですが、安売りですから見かけよりは苦しいんじゃないでしょうか」

「そうですか」

長兵衛の頭の中が激しく回転した。

「つかぬことをお伺いしますが、『華屋』さんは旗本寄合席の赤塚主水さまと何か関係がありましょうか」

長兵衛は確かめた。

「赤塚さまは『華屋』の何とかという花魁がお気に入りのようです」

「じゃあ、『華屋』に通っていたんですね」

長兵衛は啞然《あぜん》として言う。

「長兵衛さん、『華屋』さんに何か」

「じつは今、本所回向院裏の松坂町で商家が軒並み、立退きを迫られています。立ち退いたあとに何が出来るのかはわかりません。ただ、この立退きの背後に赤塚主水さまがいることはわかっています」

「赤塚さまが？」

「はい。赤塚さまが何かの目的で、『華屋』さんと組んでいるのかもしれません」

赤塚にとっても何か利益があるのだろう。

「赤塚さまは二年前まで勘定奉行だったんです」

『扇家』が言う。

「病気を理由にお役を退いたそうですね」

「じつは不正な金の使い道を追及されそうになったので、病気を理由に退いたという噂があったそうです」

「じゃあ、病気ではないので？」

「そうだと思いますよ。『華屋』さんに通っているのですから。二年も無役でいて、そろそろ役職に就きたくなったのかもしれませんな」

長兵衛はまた何か頭の中で閃《ひらめ》くものがあった。

「思いだしたことがあります」

『扇家』は急に話を変えた。

「『華屋』さんは仮宅を亀戸天満宮のほうに借りていますが、もう少し近くて広い家を借りられたらもっと稼げると豪語していました」

「近くて広い家ですか、じゃあ、松坂町あたりは……」

「回向院裏の松坂町は仮宅には適しているでしょうね。東両国の盛り場を控え、人出が多いですし」

「もし『華屋』が松坂町のような場所に仮宅を造るようなことがあれば、それは『華屋』さんにとって思い入れのある場所だからというわけではなく、盛り場の客を取り込めるという期待からですか」

「そうでしょうね」

扇家が眨むように言う。

「でも……」

仮宅が用意できても、使う予定がなければ宝の持ち腐れではないか。

そうか、普段は別のことで使い、いざというときに『華屋』の仮宅に転用出来る建物であれば……。

それはやはり料理屋か旅籠だ。そして、賭場も用意し、売春宿としても……。長兵衛はそう想像したが、そんなものを造っても客がすぐに集まるとはやはり思えない。やはり、仮宅として使わないと。そこまで考えて、はっとした。

「旦那。おかげで何かが見えてきました」

長兵衛は礼を言い、

「また、改めて参ります」

と、挨拶をして立ち上がった。

「長兵衛さん、頼みました」

『扇家』は長兵衛が何をやろうとしているのか察したようだ。

「へい。では」

長兵衛とお蝶は寮をあとにした。

音無川沿いを歩いていると、松の樹の陰から編笠《あみがさ》をかぶった着流しの侍が現れた。浪人ではない。

「お侍さん、幡随院長兵衛と知ってのことですね」

長兵衛は確かめる。

相手は抜刀した。

「お蝶、下がっていろ」

長兵衛は言い、長脇差を抜いた。

相手は無言で正眼に構えた。先日の浪人たちとは腕が違った。構えに隙はない。

長兵衛も剣先を相手の目に向けて構えた。相手はじりじり間合を詰めてくる。長兵衛も前に出る。

相手が斬り込むと同時に長兵衛も、地を蹴って相手の胸に飛び込むつもりだった。体の動きは相手より自分のほうが速いという自信があった。

斬り合いの間に入る寸前で、相手の動きが止まった。長兵衛も足を止めた。

「どうなすった?」

「単なるやくざ剣法かと思ったが、違ったようだな。何流だ?」

相手がきいた。

「流派はありません。昔、近所にいた老武士から剣の手解《てほど》きを受けました」

「そうか。かなりの剣客だな。では、改めて行く」

相手はいったん後ろに下がり、いきなり剣を振りかざして突進してきた。長兵衛は今度はその場で相手の剣を受け止めた。

そして、鍔迫り合いに持ち込んだ。長兵衛の狙いは編笠の奥の顔を見ることだった。そうと察したのか、相手は押し返してさっと離れた。

相手は今度は八双の構えで迫ってきた。長兵衛は下段に構えて待った。

また、相手は動きを止めた。

「かかってこないんですかえ」

長兵衛が挑発する。

「俺が斬り込んでいけば、おぬしは剣を逆手に持って俺の脇を駆け抜けて脾腹《ひばら》を斬るつもりだろう。よくて相討ちだが、俺のほうが傷は深い」

「そこまで読めるのですか」

「俺の計算違いは、おぬしの剣法だけでなく、その度胸だ。おぬしに度胸がなければ、俺は剣で圧倒出来たかもしれぬ」

「あなたさまもさぞかし名のある剣客でしょう。そんな剣客がなぜ、あっしを襲うんですかえ」

「………」

「赤塚主水さまの命令ですかえ」

「なに？」

相手は不意を突かれたように慌てた。

「やはり、赤塚さまのご家来ですね」

「知らぬ」

そこに数人の僧侶が縦列になって歩いてくるのが見えた。近くの寺の僧か。

「どうやら、ここまでのようですね」

長兵衛は長脇差を鞘《さや》に収めた。

お蝶を呼び、ふたり並んで僧侶のあとに従うように歩きだした。

途中、振り返ると、編笠の侍が立ち尽くしていた。


長兵衛とお蝶が花川戸の『幡随院』に帰ると、河下が来ていた。すぐ着替えて客間に行く。襖を開けて、おやっと思った。河下だけでなく、葉田の姿もあったのだ。

「長兵衛。ふたりで待たせてもらった」

河下が切り出した。

「ちょうどよございました。私のほうも話があります」

ふたりの顔を交互に見て、長兵衛は言う。

「そうか。まず、我らから」

河下が言うと、葉田が膝を進め、

「三人の浪人の馴染みの見世がわかった。羅生門河岸にある『小春屋』だ。亭主は伊勢蔵と言い、浅草の地廻りだったそうだ。女将はもと女郎で、伊勢蔵は間夫だったということだ」

「女将がどこの見世にいたかわかりますか」

「いや、そこまでは聞いてない。伊勢蔵のほうに目を向けていたので」

少し言い訳のように言う。

「調べていただけますか」

「わかった。それから、江戸町一丁目の通りで、又蔵が六助に似た男を見かけた。その後、私もいっしょに探したが、どこぞの見世に入ったらしく見つけ出すことは出来なかった。又蔵は六助だと信じている」

「だいぶ見えてきました」

長兵衛は厳しい顔で言い、

「おそらく、六助は江戸町一丁目にある『華屋』にいると思われます」

「『華屋』だと？」

河下がきく。

「『華屋』こそ、影の商人です。『小春屋』の女将はおそらく『華屋』の花魁だったのではないかと」

河下と葉田は狐《きつね》につままれたような顔をしている。

長兵衛が事情を話すと、ふたりの顔は見る見る紅潮していった。

五

翌日、昼見世のはじまる前を狙い、朝四つ過ぎに、長兵衛と又蔵は吉原の『華屋』に入った。長兵衛だけ内証に入り、楼主の増蔵と会った。

長兵衛が顔を出すと、増蔵は怪訝《けげん》な目付きで見た。

「あっしの顔に何か付いていますかえ」

長兵衛は言い、

「足もありますぜ。幽霊じゃありません」

と、増蔵の反応を窺う。

「………」

増蔵は口を喘《あえ》がせた。

「無理もねえ。昨日の侍は凄腕《すごうで》の剣客でしたからね。見事長兵衛を討ち果たしたと思っていたでしょうから」

「何を言っているのだ」

やっと、増蔵は口にした。

「昨日、根岸で侍に待ち伏せされました。あっしが根岸に行くのを知っていたのは旦那だけです」

「何を言っているのかわからん」

「三人の浪人にあっしを襲わせたが失敗した。それで、今度は赤塚主水さまの家来で腕の立つ侍を刺客として送ってきた」

「なぜ、赤塚主水さまの家来だとわかるのですか」

増蔵はきき返す。

「『扇家』さんからお聞きしました。赤塚さまは『華屋』さんによく登楼されるようですね」

「………」

「旦那は赤塚さまとつるんで本所松坂町に料理屋か旅籠を造ろうとした。ただの店ではない。表向きは料理屋や旅籠でも、裏では賭場や売春宿として」

「ばかばかしい」

増蔵は吐き捨て、

「そんなものを造ったところで、すぐに客が来るわけはない。知れ渡るまで長い時間を要する。商売が順調に行くようになるまで何年かかるか。そんなあやふやな商売を考えるわけはありませんよ」

「いえ、それがすぐに知れ渡る方法があるんです」

「なに？」

「仮宅です」

「仮宅？」

「立ち退いた跡地に大きな仮宅を造ろうとしているのではありませんかえ」

「ばかな。仮宅は、妓楼が火事で消失したときに仮に営業するための店だ。火事がなければ不要だ」

「仮宅の建物が出来上がったあとに、吉原で大火事が起きる。『華屋』さんはさっそくそこで営業を再開する」

「………」

「仮宅の営業はかなり繁盛するようですね。吉原の妓楼が再建するまでの一年近くの間、仮宅の営業で儲け、その後は、その建物は料理屋として使われる。裏では賭場が開かれ、売春宿としての顔も持つ」

長兵衛は続ける。

「仮宅で抱え込んだ客を引き続き売春宿の客として引き止め、また賭場でも客を呼び込める。そのうち、また火事が起きれば、たちまち『華屋』の仮宅に早変わり」

「ばかばかしい。あんな場所で、賭場と売春宿が続けられると思うか。奉行所が黙っていまい」

「赤塚さまが裏から手をまわすのでしょう」

「どこに、そんな証があるのだ？」

増蔵がいらだつ。

「じつは今、羅生門河岸にある『小春屋』の亭主が、面番所で同心の旦那の取調べを受けています。あっしを襲った浪人の雇い主ということで。この男がどこまで話してくれるかわかりませんが、浪人が捕まれば明らかになりましょう」

「…………」

「それから、こちらに六助という男が奉公していますね」

「そんな男はいない」

「名を変えて奉公させているのでしょうが、じつは又蔵親分が六助を見かけたんですよ」

「ひと違いだっ」

増蔵は頬を震わせて叫ぶ。

「なんで、そんなに隠すんです？」

「なに？」

「六助は本所の芝木甚兵衛の屋敷に下働きとして奉公しているとき、芝木が夜鷹を斬り殺したのを見ていたんです。それで怖くなって逃げだしたが、捕まってしまった。だが、その後六助は行方不明になった。その六助がどういうわけで、こちらで働くことに?」

長兵衛は迫るようにきく。

「六助が口封じで始末されかかったとき、誰かが六助の使い道に気づき、ここに送り込んだのではないんですか」

「六助の使い道とは何だ?」

長兵衛はぐっと増蔵の顔を睨み付け、

「六助を、いずれ付け火の犯人に仕立てるってことじゃありませんかえ」

と、問い詰めた。

「ばかなっ」

そこに、又蔵が若い男を連れてやってきた。

「長兵衛親分、六助です」

長兵衛は六助に近づき、

「おまえさんが芝木甚兵衛の屋敷で下男をしていた六助さんかえ」

と、きいた。

「はい」

六助は怯えたように頷く。

「どうしてここに来たんだ?」

「芝木甚兵衛さまのお屋敷を逃げだしたんですが、すぐ捕まって芝木家に戻されました。殺される寸前に、『寺田屋』の男が助けてくれて、吉原の妓楼で下働きをしろと」

「それから下働きをしてきたのか」

「はい」

「その際、何か言われたことはないかえ」

「いえ。あっ」

「なんだ？」

「ただ、逃げるなと……」

「『華屋』の旦那、六助を面番所に連れていく。ききたいことがあるのでな」

又蔵が増蔵に言う。

「………」

返事はなかった。

「仮宅が出来て、吉原が火事に見舞われたら、死罪は免れない。幸い、まだ計画ははじまったばかり。旦那、悪いことは言わねえ。すっかり白状したほうが身のためですぜ」

増蔵は肩を落とした。

「あっしの役目はここまで。あとは同心の旦那に任せますぜ」

長兵衛は内証を出た。

数日後の朝、『幡随院』に河下がやってきた。

「『華屋』の増蔵は黙秘を貫いている」

河下がいまいましげに言う。

「『小春屋』の亭主は増蔵から頼まれて、客の浪人たちに長兵衛の殺しを依頼したと打ち明けた。やはり、女将は『華屋』で働いていたそうだ」

「増蔵は、『小春屋』の亭主に頼んだことも認めないんですかえ」

「黙ったままだ」

赤塚主水の手前、おいそれとは話せないのかもしれない。

「それから、六助はやはり芝木甚兵衛がお京を殺したところを見ていたそうだ。証言すると言ってくれたが……」

河下は表情を暗くする。

「奉行所が動こうとしないんですね」

長兵衛は察してきいた。

「そうだ。へたをすると、誰も捕まえられないという事態になりかねない」

「なんですってっ」

「ただ、増蔵たちの計画は頓挫した。松坂町の立退きも中断だ。それだけで善しとしなければならないかもしれん」

「河下さま。増蔵たちは六助を付け火の犯人に仕立て、吉原を火の海にする計画を立てていたんですぜ。未遂だからって、不問に付すなんて」

「しかし、その証があるわけではない。奉行所のお偉方はへたに追及して赤塚主水に累が及ぶのを警戒しているのだ」

「そうですかえ」

長兵衛は怒りをぐっと抑えた。

河下が引き上げたあと、長兵衛はお蝶に言った。

「赤塚主水がいる限り、事件は曖昧なまま終わってしまう。このままで済んだら、第二、第三の赤塚主水や『華屋』を生んでしまう」

「わかっています。私も覚悟は出来ていますよ」

「すまねえ。あとを頼んだ」

夕方になり、長兵衛はお蝶に切り火をもらい、吉五郎たちを引き連れ、『幡随院』を出立した。

半刻後、長兵衛は駿河台の赤塚主水の屋敷に着き、門番に赤塚主水への取次ぎを頼んだ。

長兵衛は屋敷に引き入れられた。赤塚主水の腹の内はわかっている。これ幸いと、長兵衛を亡きものにしようというのだ。

長兵衛は広い庭に面した部屋で、赤塚主水と対面した。四十前ののっぺりした顔の男だ。ただ、目付きは鋭い。

「そのほうが幡随院長兵衛か」

赤塚が低い声できく。

「はっ、長兵衛にございます」

長兵衛は低頭する。

「わしに何の用だ？」

「松坂町の立退きに絡む吉原の『華屋』との悪巧みを、すべて白状していただけたらと思いまして」

長兵衛ははっきり告げた。

「悪巧みだと」

赤塚は顔をしかめた。

「立ち退かせたあとに『華屋』の仮宅に使える建物を造り、吉原に火事を起こして仮宅での商売を……」

「黙れ。それはそのほうが勝手に妄想したこと。どこに、その証がある？」

「幸い、未然に防げたのです。殿さまも大きな過ちを犯さずに済んだことを受け止め」

「長兵衛っ」

赤塚が大声を張り上げた。

「おぬしのおかげでわしの計画が頓挫した。おぬしはわしの計画を邪魔した。許せぬ」

顔が紅潮している。

「やはり、手前の想像は当たっていたのですね」

長兵衛は確かめるようにして続ける。

「赤塚さまはお役に就きたく、各方面に働きかけをしているのではありませんか。その付け届けの金は『華屋』から出ている。違いますか」

「うむ」

赤塚は唸った。

「材木問屋の『槇田屋』、口入れ屋の『寺田屋』と手を握っていることからして、狙いは作事《さくじ》奉行。勘定奉行のときのように、うまい汁を吸おうとされたのでしょう」

「わざわざ、我が屋敷にやってくるとはとんだ愚か者。成敗してくれる。出会えっ」

赤塚の合図で、襖がさっと開き、抜き身を下げた侍が五、六人、雪崩込んできた。

「落ち着けっ」

長兵衛は座ったまま大声を張り上げた。

長兵衛は羽織を脱ぎ、立ち上がった。さらに小袖を肩から脱いだ。白い紙子《かみこ》襦袢《じゅばん》にたすきを掛けている。

「赤塚家三千石と心中する覚悟でやってきたんだ。ひと暴れしてやる。外にいる俺の子分どもも屋敷に駆け込んでくる。駿河台中の騒ぎになるだろうよ。さあ、かかってこい」

長兵衛は啖呵《たんか》を切った。

ひとりの侍が横から斬り込んできた。長兵衛は身を翻して避けながら相手の腕を摑んでひねった。相手は思わず刀を落とした。

長兵衛は素早く刀を拾う。

「よし、ぞんぶんに暴れさせてもらうぜ。公儀の目につくようにな」

「おのれ。斬れ、斬ってしまえ」

赤塚主水が槍《やり》を持ってきた。

「殿っ」

そこに雷鳴のような声が轟《とどろ》き、侍が飛び込んできた。

先日の根岸の里で対峙した侍だ。

「殿。おやめください。御家《おいえ》をつぶすおつもりですか」

侍が赤塚の前に立ちはだかった。

「この幡随院長兵衛、私でさえも倒せなかった男です。この男には尋常ではない度胸と剣の腕があります。本気で、赤塚家と心中するでしょう」

「…………」

赤塚が唖然とした。

「皆も退くのだ」

侍は他の家臣たちに告げる。

「殿」

もう一度、侍は窘《たしな》めるように声をかける。

赤塚は槍を捨てた。

赤塚が観念したのを見届けた侍は手をついて、

「長兵衛どの。どうかお引き取りを。あとは私が責任を持って」

と、訴えた。

「わかりました。あなたさまを信用しましょう」

長兵衛は着物を元に戻し、羽織を着て、屋敷の門を出た。

鉢巻きにたすき掛けの吉五郎たちが待っていた。

数日後の昼前、長兵衛はお蝶とともに松坂町に向かった。以前と違って通りにはひとが多く、活気に満ちているようだった。

『大代屋』の前に差しかかったとき、店の中から番頭の八兵衛が出てきた。

「長兵衛親分さん」

「ずいぶん客が入っているようだな」

「おかげさまで客が戻ってきました。今、旦那さまは旗本の大村さまの屋敷に行っています。また、以前のように取引が続けられることになりました」

「それはよかった。元々商いにはいい場所だからな」

長兵衛は答える。

赤塚主水は隠居し、倅に家督を譲ることになったという。それに伴い『華屋』の増蔵も罪を認めた。ただし、火付けは本気でやろうとは思っていなかったと弁明をしたという。このことは確たる証もなく、追及することは難しそうだった。

「荒物屋さんもまた商売を続けることにしたそうです」

八兵衛はうれしそうに言い、店に戻っていった。

「おまえさん、ちょっと反物を見ていこうかしら」

お蝶が言う。

「欲しいのか」

「ええ」

「よし、反物でも帯でも好きなものを買うがいい」

長兵衛はお蝶に対しての日頃の感謝の思いを込めて勧めた。

「でも、またにするわ。長兵衛親分のおかみさんだから大負けしなきゃと、番頭さんたちに気を遣わせてしまうでしょう。また、そのうちに」

「そうか」

ふたりは『大代屋』の前を離れた。

向こうから、又蔵がやってきた。

近寄ってきて、

「長兵衛親分」

「芝木甚兵衛は小伝馬町《こでんまちょう》の牢《ろう》送りになりました。六助の証言で観念したのか、お京殺しを認めました。それから、お京の亭主も仇と付け狙われていたので『寺田屋』の者に頼んで殺したと白状しました」

そして、さらに続けた。

「それに伴い、関わった者をみな捕縛しましたぜ。『寺田屋』と『槇田屋』の処分も追ってされるでしょう」

道を行く人びとから、「長兵衛親分」と声をかけられるのを見て、お蝶は満足げだった。

「おまえさん。お昼、食べていきましょうか」

「そうだな。また『若竹家』に行ってみるか」

「ええ」

東両国の入り堀にかかる駒留橋近くの料理屋『若竹家』の土間に入ると、

「長兵衛親分におかみさん」

と、亭主が奥から飛んできた。

長兵衛に心からの礼を言う亭主の言葉を、お蝶はやはり満足そうに聞いていた。

解　説

小梛治宣

本シリーズも五作目に入り、主人公たる長兵衛をはじめとしたキャラクターたちの輪郭がよりくっきりとしてきたようである。だから、迷うことなく即座に物語の世界に入り込んでいける。言い方を変えれば、主要な登場人物たちの発する気が、読者を捕らえてしまうのだろう。

というわけで、開巻一行目から抵抗なく読み進めることができる。いかなる小説でも、ここが大事なところである。とくに、時代小説（エンタテインメント小説）では、この点が作品の生死にかかわる場合もある。読み進める意欲を読者に与えられるか否かが、勝負どころだからである。

では本作に目を向けてみよう。長兵衛と女房のお蝶は、本所回向院まで知り合いの祥月命日の墓参りに行った帰りに、東両国の料理屋『若竹家』に立ち寄った。夫婦水入らずでの食事だったが、そこで騒ぎに遭遇することになった。三人の侍が勘定を払わずに、『大代屋』からもらえと言い張って、騒いでいたのだ。

この三人を撃退した長兵衛だったが、なんと彼らはいずれも小普請組に属する直参の御家人だった。頭分は芝木甚兵衛といい、彼らはあちこちで悪さをしているようである。三人の御家人が仕返しに来ることも考えて、長兵衛は『若竹家』の後ろ盾になることを請け負うことになる。初代幡随院長兵衛の再来となるべく自らの名前を売るには、絶好の機会でもあった。もちろん、九代目を日本一の俠客《きょうかく》にすることを願っている年上女房のお蝶にとっても、それは望むところであった。そこで、町奉行所が手出しのできない直参の悪を暴くことに、長兵衛一家が一役も二役も買うことになるのである。

さて芝木甚兵衛たちが、勘定を払ってもらえと名指しした『大代屋』の方では、この三人の侍にはまったく心当たりがないというのだ。『大代屋』は、回向院裏の本所松坂町にある呉服屋で、お蝶が花嫁衣装を誂《あつら》えた店でもあった。『若竹家』ばかりでなく、芝木甚兵衛たちは別の料理屋でも、やはり『大代屋』から勘定をもらえと言っているらしいのだ。『大代屋』は、支払う義理がないので払わずにいるだけで、何ら損害を受けるわけではない。とすると、いったい芝木たちが『大代屋』にこだわる理由は何なのか。『大代屋』が気付いていないような恨みを買っていたのか。それとも、もっと奥の深い狙いが、裏に潜んでいるのであろうか。本作の読み所の一つは、その謎の解明にある。裏の、さらに裏にある巨悪を、長兵衛は暴くことができるのか……。

ところで、芝木甚兵衛のような御家人というのは、いかなる身分なのか。簡単に説明を加えておこう。一万石未満の将軍の直臣で、御目見得（将軍に拝謁できる）以上の者が旗本で、約五〇〇〇人いた。御目見得以下の者が御家人で、約一万六〇〇〇人にのぼった。旗本は百石以上の知行取り（領地を与えられる）で、御家人は百俵以上の蔵米取り（米で支給される）である。旗本の内、三千石以上、あるいは上級の役職を勤めた者やその嫡子は、寄合とされた。無役（何らの役職にも就いておらず、役に応じた手当も支給されない）の旗本・御家人は、小普請と呼ばれ、旗本ならば、百石につき二両の小普請金を上納する義務があった。つまり、役にあぶれた直参の侍たちは、経済的にも苦しく、体面上も肩身の狭い思いをしていたことになる。

そこで、役職に就くための激しい猟官運動が展開されることにもなった。とはいえ、直参の人数は増えても、役職のポジションは一定のままなので、それは熾烈《しれつ》さを増す一方であったようだ。直参数の増加の主な原因は、五代綱吉、六代家宣、八代吉宗が、将軍職に就任した折に、藩主時代の家臣団を直参の旗本・御家人として編入したためなのである。

というわけで、猟官運動から落ちこぼれた者や、自らの失策で役職から外された者は、半ば自暴自棄となり、「直参」を盾に、江戸市中で狼藉《ろうぜき》を働く者も現われた。初代の幡随院長兵衛は、旗本奴《はたもとやっこ》と呼ばれた悪旗本をやっつけたことで人気者になり、歌舞伎で上演されたことは、周知の通りである。

そうした中、夜鷹《よたか》が斬殺されるという事件が勃発する。埋められていた死体が寺男によって発見された時は、死後十日ほど経《た》っていた。このお京という名の夜鷹は、ある御家人の屋敷に呼ばれていったあと、消息を絶っていた。その屋敷の主が、なんと芝木甚兵衛だというのだ。

しかも、口入れ屋の『寺田屋』から芝木の屋敷へ下男として奉公に入った六助という男が、そこで働き続けることを嫌がり逃げ出したものの、その後行方が分からなくなっていた。なぜ六助は、芝木の屋敷を逃げ出したのか。六助は芝木の屋敷で見てはならぬものを見てしまったのではあるまいか。もしそうだとすると、六助は逃げたのではなく、消されてしまったと推測することもできる。

夜鷹殺しの一件を追っている南町奉行所同心の葉田誠一郎は、芝木甚兵衛の容疑がかなり濃厚であるとは思うものの、直参である御家人を直接捜査する権限はない。長兵衛と昵懇《じっこん》の同心河下又十郎と協力して、なんとか長兵衛を焚《た》き付けて、突破口を得ようとするのだが、そのあたりは長兵衛の方も百も承知だ。とはいえ、悪事を黙って見逃すことのできない長兵衛は、独自の捜査を進めていくことになる。そして奇妙な動きがあることに気付いた。

本所松坂町にある『大代屋』の近くで営業していた下駄《げた》屋、荒物屋、鼻緒屋といった店が、近ごろ相次いで廃業しているのだ。どうやら、店の前に人相の良くない男が常にうろついていて、店に入ろうとする客がいると、言いがかりをつけて、店に寄せつけないようにしていたらしい。以前にも別の場所で似たような騒ぎがあったというが、狙いは土地の買い占めだったようだ。

その狙う先が松坂町に変ったと見ることができる。長兵衛は、口入れ屋の『寺田屋』が地上げに一枚噛《か》んでいることを突き止めたが、その裏には別の黒幕がいるはずである。その黒幕が、何を企《たくら》んでいるのか、それが分かれば、黒幕の正体も自《おの》ずと見えてくるに違いない。

『大代屋』に対する芝木甚兵衛たちの嫌がらせも、この地上げ計画に関係しているようだ。つまり、なかなか廃業しない『大代屋』を立《た》ち退《の》かせることが目的だったのだ。松坂町の一帯を更地にしたあと、そこで何をするつもりなのか。

その後も、『大代屋』を廃業に追い込むべく、次々と策謀が張り巡らされるが、後ろ盾を買って出た長兵衛が、それらを防ぎながら、地上げの真相に迫っていく。だが、黒幕と思われた者の、さらにその裏に別の黒幕の影が見え隠れしており、すべての糸を引く真の黒幕の姿が見えてこない。

このあたりは、ミステリー作家としての作者の腕の見せどころでもあり、意外な人物がその素顔を晒《さら》すことになる。そのための伏線もきちっと張られているので、ミステリーとしての妙味も楽しめるはずである。私は読み終えたあと、「なるほど」と感心させられたくちであったのだが……。

そして、もう一つ気にかかるのは、夜鷹殺し並びに六助が消息不明になっている一件と、松坂町の地上げの一件、これらは、どのように関連しているのかということである。読後に全体の構図が見えたとき、作者のプロット作りの巧妙さに、ある種の心地良さを感ずるのは、やはり小杉健治の世界ならではであろう。

最後に、もう一つ、長兵衛一家に元軽業師の盗っ人だったという弥八という若者がいるのだが、その弥八がある特殊技能を駆使して、情報収集に一役買うことになる。お蝶を筆頭に長兵衛一家の誰もが目を見張るような、その特技が何かは、読んでのお楽しみとしておきたい。痛快な中にも凛《りん》とした雰囲気の漂う小杉健治の物語の世界をたっぷりと味わっていただきたい。

（おなぎ・はるのぶ　文芸評論家／日本大学名誉教授）

本書は、集英社文庫のために書き下ろされた作品です。

本文イラスト　横田美砂緒
本文デザイン　バルコニー

集英社文庫

本所松坂町《ほんじょまつざかちょう》の怪《かい》　九代目《くだいめ》長兵衛《ちょうべえ》口入《くちいれ》稼業《かぎょう》　五

2023年11月25日　第1刷　定価はカバーに表示してあります。

著　者　小杉《こすぎ》健治《けんじ》

発行者　樋口尚也

発行所　株式会社　集英社

東京都千代田区一ツ橋2-5-10　〒101-8050

電話　【編集部】03-3230-6095

【読者係】03-3230-6080

【販売部】03-3230-6393（書店専用）

印　刷　中央精版印刷株式会社　株式会社美松堂

製　本　中央精版印刷株式会社

フォーマットデザイン　アリヤマデザインストア　マークデザイン　居山浩二

ISBN978-4-08-744593-0 C0193